お髷番承り候五

寵《ちょう》臣《しん》の真《まこと》

上田秀人

徳間書店

目次

主な登場人物

深室《みむろ》賢治郎《けんじろう》　お小納戸月代御髪係、通称・お髷番。風心流小太刀の使い手。かつては三代将軍家光の嫡男竹千代（家綱の幼名）のお花畑番。

徳川家綱《とくがわいえつな》　徳川幕府第四代将軍。賢治郎に絶対的信頼を寄せ、お髷番に抜擢。

松平主馬《まつだいらしゅま》　大身旗本松平家当主。賢治郎の腹違いの兄。

三弥《みや》　深室家の一人娘。賢治郎の許婚。

徳川頼宣《とくがわよりのぶ》　紀州藩主。謀叛の嫌疑で十年間、帰国禁止に処されていた。

三浦長門守為時《みうらながとのかみためとき》　紀州徳川家の家老。頼宣の懐刀として暗躍。

徳川光貞《とくがわみつさだ》　頼宣の嫡男。

安藤帯刀直清《あんどうたてわきなおきよ》　紀州徳川家の付け家老。光貞を補佐する。

順性院《じゅんしょういん》　家光の三男・綱重の生母。落飾したが依然、大奥に影響力を持つ。

新見備中守正信《にいみびっちゅうのかみまさのぶ》　甲府徳川家の家老。綱重を補佐する。

桂昌院《けいしょういん》　家光の四男・綱吉の生母。順性院と同様、大奥に影響力を持つ。

牧野成貞《まきのなりさだ》　館林徳川家で綱吉の側役として仕える。

堀田備中守正俊《ほったびっちゅうのかみまさとし》　奏者番。上野国安中藩二万石の大名。

阿部豊後守忠秋《あべぶんごのかみただあき》　老中。かつて家光の寵臣として仕えた。

第一章　君臣の溝

一

寛文二年（一六六二）三月十六日、長く病床にあった松平伊豆守信綱《まつだいらいずのかみのぶつな》が死んだ。三代将軍家光《いえみつ》から、四代将軍家綱《いえつな》にいたるまで、老中であること二十九年、幕政を支え続けた忠臣の最期《さいご》は穏やかであった。

初七日も過ぎた四月の二日の夕刻、深室賢治郎《みむろけんじろう》のもとへ、首藤巌之介《しゅどういわのすけ》が訪れた。

「これを」

挨拶もせず、首藤巌之介が油紙で厳重にくるまれたものを手渡した。

「……なんでござろう」

首藤巌之介は、松平伊豆守の寵臣《ちょうしん》とはいえ、陪臣である。それにていねいな口調を賢治郎が使うのは、その剣の実力に敬意を表してであった。松平伊豆守が影の警固としてつけた首藤巌之介の剣で、賢治郎は何度となく危機を救われていた。

「主《あるじ》よりお渡しするようにと預かっておりました」

「伊豆守さまからか」

賢治郎は驚いた。

幕政の頂点にあった人物から、一介の小納戸《こなんど》へ遺言があるなど、あり得ない話であった。

「では、これにて」

用件をすませた首藤巌之介が、踵《きびす》を返した。

「お待ちあれ。伊豆守さまは」

あっさりしすぎた態度に、思わず賢治郎が首藤巌之介を止めた。首藤巌之介とは少しだけ交流があった。賢治郎は、松平伊豆守の最期の話などを聞きたかった。

「松平家は、輝綱《てるつな》さまに代を替えました。今後、松平家は、政《まつりごと》にかかわりませぬ」

足を止めた首藤巌之介が、述べた。

「もうお目にかかることもございますまい。ご武運をお祈りいたしておりまする」

賢治郎を拒むように、振り向くことなく首藤巌之介は去っていった。

「…………」

なにも賢治郎は言えなかった。

権力の座に長くあった松平伊豆守は、当然妬《ねた》みや嫉《そね》みを受けていた。いや、恨みをもたれていた。

権の維持にもっとも簡単な方法は、力を持ち始めた相手を除くことでもある。松平伊豆守によって、役目を追われた者、家を潰《つぶ》された者は多い。

これも権力の座にある間はいい。押さえこめる。しかし、力を失えば、一気に反発が寄せてくる。だが、すでに松平伊豆守は死んでいる。となれば、恨みは跡継ぎに行く。

理不尽だが、これは人の世の常であった。

今後、松平伊豆守の後を継いだ輝綱は、人よりも身を処し、つけこまれる隙《すき》のないようにしなければならない。

松平家が将軍継嗣の争いに、巻きこまれたくないのは当然であった。

「どうなさいました」

深室家の家付き娘三弥《みや》が、いつまでも玄関で固まっている賢治郎へ声をかけた。

旗本寄合《よりあい》三千石松平家の三男であった賢治郎は、三弥の婿《むこ》として深室家の養子となっていた。家を継いだ腹違いの兄と賢治郎のなかはうまくいっていなかった。

「なんでもござらぬ。旧知の人物を見送っていただけでござる」

賢治郎は首を振った。

「旧知のお方ならば、お上がりいただけばよろしいものを」

三弥が言った。

「お忙しいようでござった。では」

一礼して、賢治郎はそそくさと与えられている自室へと戻った。

賢治郎は、三弥の婿とされているが、まだ婚礼はしてはいなかった。まだ三弥が、女の印を見ていないからである。

だが、それは表向きであった。実家の兄に疎《うと》まれていた賢治郎を、深室家が引き取ったのには、理由があった。

深室家の当主作右衛門《さくえもん》は、出世の道具として賢治郎を利用したのだ。将軍家綱の幼なじみとなるお花畑番として将来の立身を約束されていた弟を憎んでいた兄主馬《しゅま》と、名門に取り入って今以上の地位を望んだ作右衛門の思惑が一致した結果、賢治郎は格下の深室家の養子となった。

お陰で作右衛門は主馬の引きをもって、六百石では身分違いの留守居番に就任できた。

なれど、作右衛門はその上を狙っていた。賢治郎を養子に取った見返りは受け取った。これ以上主馬の引きはもらえない。ならば、賢治郎を廃嫡して、三弥によりよい婿をとり、その実家の手引きで千石、いや、それ以上をと作右衛門は考えていた。そのためには、三弥と賢治郎の間に子供ができては困る。

こうして、賢治郎と三弥の関係は、あいまいなままであった。

「伊豆守どののご遺言」

自室で正座した賢治郎は、油紙をていねいにはずし、なかから手紙を取り出した。

「…………」

深く手紙に一礼して、読み始めた賢治郎は、その内容に絶句した。

「なにを」

賢治郎は動揺で手紙を取り落とした。

「……甲府《こうふ》公と館林《たてばやし》公を除けよと言われるか」

甲府公とは家綱のすぐ下の弟綱重《つなしげ》のことを指し、館林公とは末弟の綱吉《つなよし》のことであった。

松平伊豆守は、遺言として寵臣の心得を説くのではなく、家綱の弟二人の排除を命じていた。

「なぜだ……」

気を落ち着かせて、賢治郎はもう一度手紙を読んだ。

「上様の身を脅かすのは、外様《とざま》の大名でもなく、あふれた浪人者でもなく、血を分けた兄弟……」

賢治郎も兄によって、家から出されているだけに、吾《わ》が身につまされて、なんとも嫌な気持ちになった。

「本来は、兄を支え、ともに徳川の家を守る役目の兄弟が、何よりの敵」

かつて松平伊豆守から聞かされていた。将軍の地位は天下に一つしかない。しかし、三代将軍家光の血を引く者は三人いる。嫡子相続ということで、家綱が四代将軍となったとはいえ、あとの二人は継承の権を失ってはいない。まだ跡継ぎのいない今、家綱に万一があれば、将軍となるのは弟の二人のどちらかとなる。

事実、ともに将軍になりたい二人の弟たちの動きもあった。綱重が綱吉を襲い、綱吉が綱重の命を狙ったのだ。それを知った家綱の使者として、二人の弟のもとへ賢治郎は行ったこともある。

「兄弟和解を願われる上様の想いを裏切れと言われるか」

手紙へ賢治郎は言葉をぶつけた。

「寵臣とは、真に上様のために生きられる者をいう。それが上様のお考えと違っても。泥をかぶれる者だけが、寵臣となる」

手紙からそう返答された気がした。これも存命中の松平伊豆守から言われたことであった。

「上様のお考えを否定する」

家に捨てられた賢治郎を、小納戸として拾ってくれたのが家綱であった。賢治郎にといって、家綱がすべてである。

家綱の幼なじみとしてお花畑番として過ごした子供のころの日々が、賢治郎にとって栄光であった。明日も同じように続くと信じられた。それが、ある日奪われた。日の当たる場所から、陰へ追いやられた賢治郎に、ふたたび光をくれたのが家綱なのだ。家綱の考えていることにしたがうだけ、賢治郎はそうして役目をこなしてきた。

もちろん、生前、松平伊豆守から、それは寵臣として正しい姿ではないと言われていた。だが、賢治郎には納得できなかった。

「上様ならば、きっと甲府公、館林公を、使いこなされる」

己に言いきかせるようにした賢治郎は、松平伊豆守の遺言をもとのように包み、書棚の奥へとしまいこんだ。

綱吉の傅育《ふいく》掛かり牧野成貞《まきのなりさだ》は紀州《きしゅう》徳川頼宣《よりのぶ》の襲撃が失敗したことを知って、愕然《がくぜん》としていた。

「陰供か」

襲いかかった浪人たちは、殺されたときのままで放置された。その死体の場所を確認した牧野成貞は、行列を狙撃するはずだった浪人者が、鉄砲を放つ前に殺されたことに気づいた。

鉄砲は、遠くから相手を狙うものだ。行列の中央にある頼宣の乗った駕籠《かご》を目標とするのならば、少なくとも行列の先供の目に着かないところにないと意味がない。その狙撃を前もって防いでいる。それも他の襲撃者に知られることなくである。あまり早くから鉄砲を排除してしまえば、襲撃は失敗として、そのまま浪人者たちは、逃散してしまう。そうなれば、またいつ狙ってくるかわからなくなる。襲撃者は一網打尽にするのが良策なのだ。

すなわち、行列が近づく寸前まで待って、鉄砲を撃たれる寸前に殲滅《せんめつ》した。

「手練《てだ》れぞろい」

死体からも、陰供の実力はわかる。

「しばし、手出しを控えねばならぬな。浪人者を使ったゆえ、こちらのことがばれてはおるまいと思うが……」

牧野成貞が嘆息した。

「念のため、綱吉さまの身辺警固を手厚くしなければならぬ」

今のところ、旗本として屋敷を与えられている牧野成貞は、神田にある綱吉の館へと向かった。

「牧野がお目通りをとお方さまへ」

館に着いた牧野成貞は、女中へ取り次ぎを願った。

「どうぞ、お目通りを許される」

しばらくして戻ってきた女中が、伝えた。

「かたじけない」

礼を述べて、牧野成貞は、奥へと進んだ。

館林徳川綱吉の母桂昌院《けいしょういん》は、三代将軍家光の側室であった。京の町人の娘で、家光の側室に選ばれたお万《まん》の方の部屋子として江戸へ下ったのち、家光に見初《みそ》められ、手が着いた。

正保三年（一六四六）に綱吉を出産、家光の死後落飾し、桂昌院と名乗って、桜田の御用屋敷へ移った。しかし、綱吉を溺愛していた桂昌院は、桜田御用座敷で家光の菩提《ぼだい》を弔う生活をせず、毎日神田館へ通っていた。

「牧野成貞にございまする」

綱吉の居室である御座の間まえの廊下で、牧野成貞は平伏した。

「おう、牧野か。よく参った。そこでは、遠い。こちらへ来るがいい」

綱吉が笑顔で手招きした。

牧野成貞は、館林家の家老であると同時に、綱吉の傅育も兼ねている。その関係もあり、綱吉が子供のときからよく知っていた。

「右馬頭《うまのかみ》さまにおかれましては、ご健勝のごようす、まことに慶賀と存じまする」

御座の間の上段敷居手前で、もう一度牧野成貞が手をついた。

「そなたも息災のようでなによりじゃ」

ご機嫌で綱吉が応えた。

「何用じゃの」

いつもの決まりきった応酬が終わるのを待っていた桂昌院が声をかけた。

「お方さまに、少しお話ししたいことがございまして」

「妾《わらわ》にか」

首をかしげて桂昌院が問うた。小柄というのもあるが、一人子供を産んだとは思えないくらい桂昌院は幼く見えた。もとより、松平伊豆守らに手を出していたように女よりも少年を好んだ家光の手がつくほどである。その美貌は群を抜いていた。

「……はい」

一瞬、見とれた牧野成貞だったが、すぐに気をとりなおした。

「では、右馬頭さま、しばし、母は中座をいたしますぞ」

「うむ。成貞、母のことを頼むぞ」

「はっ」

牧野成貞が、首肯《しゅこう》した。

桂昌院のあとについて、牧野成貞は、神田館の庭へ出てきた。

「ここならば、余人に聞かれることはあるまい」

東屋《あずまや》のなかへ入った桂昌院が、床几《しょうぎ》に腰を下ろした。

「なんじゃ」

「紀州藩主徳川頼宣健在いたしております る」

「……それは重畳《ちょうじょう》なことよな」

口とは裏はらに、桂昌院の目は冷たかった。

「どうやら、頼宣さまには陰供がおつきのようでございまする」

「陰供……それはなんじゃ」

桂昌院が訊《き》いた。

「誰にもわからないように警固する者、そうたとえば伊賀者のような」

「伊賀者……忍《しのび》か」

答えた牧野成貞へ、桂昌院が問いを重ねた。

「忍とはかぎりませぬが、おおむねそのような者でございまする」

牧野成貞がうなずいた。

「襲った者たちの技量が劣っていたということはないか」

「ないと思っておりまする。腕の立つ者を集めましたゆえ」

咎《とが》めるような桂昌院の眼差《まなざ》しに、牧野成貞が首を振った。

「頼宣はじゃまか」

「はい。まちがいなく頼宣さまは、五代さまの座を狙っておりまする」

牧野成貞が断言した。

「分家の分際で生意気な」

桂昌院が吐き捨てた。

徳川頼宣は、初代将軍徳川家康《いえやす》の十男である。徳川家康の寵愛を深く受け、その手で育てられた。大坂の陣では、二代将軍秀忠《ひでただ》と同格の陣旗を掲げることを家康から許されたりもした。家康の死後は、その隠居地であった駿河《するが》城と領地、家臣団を引き継いだ。

いわば家康のすべてを受け継いだ頼宣は、天下への野望を隠そうともせず、秀忠の後をついで三代将軍になるのは、吾《われ》だと広言してはばからなかった。

家康が生きている間は、歳《とし》の離れた弟のわがままに目をつぶってきた秀忠も、父親が死ねば遠慮しなくなった。

秀忠は東を箱根、西を天竜川に囲まれた要害駿河城と東海道の要地である駿河の地を取りあげ、はるか江戸から遠い紀州の地へ頼宣を追いやった。

こうして三代将軍は家光のものとなったが、頼宣はまだあきらめていなかった。家光の死後に起こった由井正雪《ゆいしょうせつ》の乱でも名前が挙がったくらいなのだ。

「…………」

牧野成貞は沈黙した。

分家といえば、綱吉もそうなのだ。本家は家光の嫡男である家綱が継いで、四代将軍となっている。

血筋の正しさでいけば、神君と讃《たた》えられる家康の直系の息子である頼宣に軍配が上がる。

「のう成貞」

甘い声で桂昌院が呼んだ。

「頼宣のこと、妾に任せてくれるか」

「お方さまに……」

言われた牧野成貞が絶句した。

「しかし、お方さまには、兵が……」

「顔を見せよ」

手の者がいないだろうと言いかけた牧野成貞を遮って、桂昌院が東屋の天井を見た。

「…………」

無言で、影が落ちてきた。

「なにやつ」

脇差《わきざし》の柄《つか》に手をかけた牧野成貞が、桂昌院の前に立ちふさがった。

「よい。この者は味方ぞ」

桂昌院が笑った。

怪訝《けげん》な顔を牧野成貞が浮かべた。

「味方……」

「黒鍬者《くろくわもの》じゃ」

「……黒鍬者。お伝《でん》の方さまの」

牧野成貞が、目の前で膝《ひざ》を突いている黒鍬者を見下ろした。

お伝の方とは、先日牧野成貞の娘分として綱吉の側室となった娘のことである。養女としただけに、牧野成貞はその出自を知っていた。

「黒鍬者の一郎兵衛《いちろべえ》と申しまする」

顔をあげることなく、黒鍬者が名乗った。

黒鍬者は幕府の役人である。もとは甲州武田《たけだ》家に仕えていた鉱山衆で、深い山のなかへ入りこんで鉱脈を探したり、敵の城の下に穴を掘り破壊したりするのを任としていた。

やがて武田家が滅んだことで、徳川家に召し抱えられた黒鍬者は、幕府の雑用係として生きてきた。身分は御家人以下、小者の扱いとされ、公式の場で名字を使うことは許されなかった。職禄十二俵一人扶持《ぶち》と、幕臣最低といわれる伊賀者の三十俵三人扶持の半分もない。

黒鍬者の仕事は、主として将軍の外出に先立つ行路の整備である。寛永寺《かんえいじ》参拝、日光東照宮《にっこうとうしょうぐう》参詣などへ出かける将軍が通る道筋にある穴や、橋の破損箇所などを修繕するだけでなく、道に落ちている馬糞などの処理も任であった。

「黒鍬者がなぜ桂昌院さまへ」

牧野成貞が疑問を呈した。

「伝は妾が用意した女ぞ。いや、真実は、黒鍬者頭の小谷権兵衛《こたにごんべえ》が妾へ頼み込んできた。綱吉さまの御器量を見こんでな。娘を差しあげて、綱吉さまへの忠誠を見せたのじゃ」

「それで、黒鍬が、お方さまの」

「うむ」

桂昌院がうなずいた。

「先日、めでたく伝に右馬頭さまのお手が着いた。守ってやらねばなるまい」

やはり一郎兵衛へ桂昌院は目をやった。

「黒鍬は全力を挙げて、右馬頭さまをお守りいたしまする」

一郎兵衛が述べた。

「守るなかには、敵を除くことも入っておろう。では、あとは二人で話し合え。妾は右馬頭さまのもとへいっておるでの」

あっさりと桂昌院が、東屋を出て行った。

「……一郎兵衛」

「なんでございましょう」

「黒鍬の目的はなんだ」

「…………」

一瞬の沈黙があった。

「牧野さま、あなたさまの目的は」

「問いに問いで返すなど、失礼千万ぞ」

「お方さまを手に入れられることでございましょう」

叱られたのを無視して、一郎兵衛が続けた。

「な、なにっ」

牧野成貞が絶句した。

「でなくば、いずれ明確に陪臣とされる館林家の家老職のままはおられますまい。他の皆さま方は、伝手《つて》を頼って、館林家から幕臣へ戻してもらうように動いておられるというに、牧野さまにその気配はございませぬ」

「…………」

家光の四男綱吉の守り役を任されるというのは、家光の信頼が厚かった証明でもある。かつては、家光の側《そば》に仕え、有能だったからこその、抜擢《ばってき》なのだ。館林の家老でなくなれば、大目付《おおめつけ》や、町奉行など旗本の顕職へ出世していくことはまちがいない。対して、館林の家老となると話が違った。

まず、江戸城内への勤務ではない。これは、老中や若年寄などの権力者とのかかわりが一切なくなることを意味し、出世の機会を失う。

「……ご勘弁を」

殺気を感じた一郎兵衛が、すっと膝をついた姿勢のまま、一間《けん》（約一・八メートル）下がった。

「ご安心を。このことは、決して口外いたしませぬ」

一郎兵衛が述べた。

「…………」

牧野成貞は、脇差の柄に手をかけたままでいた。

「もちろん、我らの目的もお話しいたしまする」

前の位置まで戻って、一郎兵衛が言った。

「我らの願いは、黒鍬者を御家人として認めていただきたいのでございまする」

一郎兵衛が述べた。

「先祖代々の名字を持ちながら、名乗れず。両刀差すどころか。脇差一本しか許されない。かつて戦国の攻城戦で活躍し、かの武田信玄《しんげん》公からもお褒めいただいた我らが、中間《ちゅうげん》同様の扱いしか受けない。冬でも雨でも裸足《はだし》で、道につくばって、馬糞を……ときには人の糞を取り除く。町人どもにさえ嘲笑《ちょうしょう》され、同じ幕臣からはいない者としてあつかわれる。どれだけ情けないかおわかりか。これでは、先祖に顔向けができませぬ」

「……なるほど」

殺気を牧野成貞が消した。

牧野成貞の望みも、黒鍬衆の悲願も、ともに難しかった。

桂昌院は、先代将軍の愛妾であり、そのうえすでに仏門にある。旗本といえども、手出しをするのはまず無理であった。

続いて黒鍬の願いも厳しかった。小者を御家人とはいえ、直参《じきさん》武士に取り立てるのは、身分を絶対としてなりたっている幕府にとって、その根本を揺るがす大問題であった。

二つとも、かなえられる者がいるとすれば、幕府における絶対者の将軍のみである。すなわち、二人が望みのものを手にするには、綱吉を将軍にするしかなかった。

綱吉が将軍になれば、牧野成貞はその側近として執政となり、お声掛かりで還俗《げんぞく》した桂昌院を娶《めと》ることもできる。そして黒鍬者は、将軍側室由縁のものとして身分をあげる。

「わかっておるのだろうな。そのためには命をかけねばならぬことを」

「もちろんでございまする」

確認する牧野成貞へ、一郎兵衛がうなずいた。

「ならばよい」

牧野成貞が首肯した。

「さて、問題は、二つある。一つは、綱吉さまが五代将軍となるのにじゃまなものを排除しておかねばならぬ」

「紀州と甲府でございますな」

「ああ。それを二つとも排除したあと……」

神田館の壁ごしに、牧野成貞が江戸城本丸のほうを向いた。

「…………」

無言で一郎兵衛も同じ方向を見た。

「二つ目の問題が、それまで、上様に生きていていただかねばならぬ」

「はい。今、上様がお亡くなりになれば、五代さまの座は、甲府さまへ参りましょう」

「ああ。神君家康さまの故事にならっての」

苦い顔で牧野成貞も同意した。

神君家康の故事とは、三代将軍選定のことだ。嫡男の家光より三男の忠長《ただなが》をかわいがった二代将軍秀忠は、三代将軍の座を忠長へ与えようとしていた。そのことを知った家光の乳母春日局《かすがのつぼね》は、ひそかに江戸を抜け出し、駿河の家康のもとへ走り、救いを求めた。

その結果家康は、家光を三代将軍にすべしと裁定し、長幼の差こそ、武家が守るべき規範と定めた。

幕府にとって、家康の言葉は絶対である。

今四代将軍の家綱が死ねば、後を継ぐのは綱吉の兄、綱重となる。これればかりは、どうしようもなかった。

「では、まず甲府さまから……」

「そうなるの」

牧野成貞も首を縦に振った。

「もう一つ……」

「右馬頭さまの身辺に注意をいたさねばなりませぬ」

「うむ。相手にしてみれば、やはり右馬頭さまは、じゃまであろうからの」

「ご安心あれ。江戸の道ならば、我ら黒鍬以上に詳しい者はおりませぬ」

一郎兵衛が胸を張った。

「頼もしいことを言う。ならば、先日の紀州家の戦いについて、知っておるか」

「はい。さすがに現場にいたわけではございませぬので、詳細まではわかりませぬが。道を調べていくつかは知りました」

「なにがわかった」

「最初に殺されたのが、鉄砲を持っていた浪人であったこと。これは血に残されていた血の固まり具合で知れました。そして、これが」

小さな布きれの破損したものを、一郎兵衛が差し出した。

「これは……」

布きれを手に牧野成貞が質問した。

「死んでいた浪人者の刀の下になっていたことで見逃されたのでございましょう。これと同じ色の服を着ていた者は、死者のなかにはおりませなんだ」

「陰供の衣装……これでなにかわかるのか」

「この衣装の染めに使われたものは、柿の渋。これは、忍の衣装でございましょう」

「忍か。となれば、紀州根来衆《ねごろ》」

「おそらく」

一郎兵衛がうなずいた。

「油断はできぬな」

「はい」

二人が顔を見合わせた。

二

江戸の町は由井正雪の乱を契機に、変わった。治安がよくなった。

三代将軍家光の死後起こった謀反に衝撃を受けた幕閣が、大きく政策を変え、浪人を生み出す原因である大名の取りつぶしを減らしたことと、町方による浪人者への取り締まり強化のおかげであった。

今まで、浪人者へ対して、主君を探して仕官の活動をしている武家という扱いをしてきていたのを変えたのだ。

主持ちでない浪人は、武士ではなく町人とし、町奉行所の管轄とした。

これによって、町人相手に押し借り、食い逃げなどを働いていた浪人者は、町奉行に追われるようになり、その多くが江戸を去った。また、残った浪人者もおとなしくなり、江戸での喧嘩や騒動は数を減らしていた。

そんななかで十名をこえる浪人者が、無残な死体をさらしていたのだ。江戸の話題にならないはずはなかった。

「ものすごい死にかただったらしいぞ」

髪結《かみゆ》い床上総屋《かずさや》に集まった客が、話題にしていたのも、その一件であった。

「誰が見たんだ」

話を始めた大工の棟梁《とうりょう》へ、左官が訊いた。

「今受けてる普請《ふしん》場へ出入りしている職人の一人がよ、現場の近くを通りかかったらしい。そらもお、あたりの屋敷の壁にも赤黒いものが飛び散って、見られたものじゃなかったと」

棟梁が顔をしかめた。

「おいらも別のところから聞いたが、首を刎《は》ねられたやつ、はらわたをばらまいたやつ。地獄とは、まさにここだと思ったと言っていたぜ」

古着屋の親父が参加した。

「なんの話だ」

賢治郎は首をかしげた。

将軍家綱の身のまわりの雑用をこなす小納戸として月代御髪《さかやきおぐし》係を務める賢治郎は、ときどき江戸でも評判の髪結い床上総屋へ来ては、主辰之助《たつのすけ》の腕を学んでいた。

武家は髪結い床にかよわない。家臣のなかで器用な者に剃刀《かみそり》をあてさせて調《ととの》えるのが普通である。そんななか、将軍の月代をあたる任を命じられた賢治郎は、上総屋へ修業に出た。当初は、賢治郎から距離を置いていた町人たちだったが、なんどか重なるうちに慣れ、今では雑談へ参加しても気にしなくなっていた。

「旦那、ご存知ではございませんか」

大工の棟梁が驚いた。

「あいにく、この数日、屋敷から出なかったものでな。うといのだ。教えてくれぬか」

賢治郎は頼んだ。

「よござんす。三日前のことで。赤坂御門側の麹町《こうじまち》四丁目の辻《つじ》で、浪人者が十人以上殺されていたんで」

「ほう。麹町といえば、お城のすぐ側ではないか」

「へい。そこで朝の五つ（午前八時ごろ）すぎのことらしいのでござんすがね。その浪人者が全員ばっさりと……」

話していた大工の棟梁が、両手で刀を振るまねをした。

「剣呑《けんのん》なことじゃの」

「まったくでさ」

続きを古着屋が引き取った。

「わたくしの取引しております相手が、偶然、その直後に通りかかったのでございますがね。もう、辺《あた》り一面、血の海で」

「生き残っていた浪人者はいなかったのか」

「うめき声一つ聞かなかったと言ってましたからねえ」

古着屋が告げた。

「なんだったのだろうかの」

「取引相手によると、その直前、どこぞのお大名の行列が行きすぎたらしいのですが」

「どこの大名かわかるか」

「さあ、なにも言ってませんでしたねえ。そのことについては。なにぶん朝のことで、江戸城へおあがりになるお大名の行列がいくつも行き交いやすから」

問われた古着屋が首を振った。

「いや、かたじけない」

礼を言って、賢治郎が立ちあがった。

「辰之助親方、少し所用を思い出した。また、近いうちに寄らせてもらおう。ごめん」

「へい。お待ちしておりやす」

挨拶をする賢治郎へ、上総屋辰之助が頭を下げて見送った。

上総屋を出た賢治郎は、江戸城の堀を回って、半蔵御門へと向かった。半蔵御門は、徳川家康の麾下《きか》で槍《やり》の半蔵《はんぞう》といわれた服部《はっとり》半蔵の屋敷があったことから、そう名付けられた。もっとも服部家は、二代目のときに失策があって取りつぶされ、今では門に名前を残すのみとなっていた。

そこを出たところが、麴町である。

江戸城の門を出たばかりのところだったが、町屋と火除《ひよ》け地が並んでいて、そう人通りは多くない。

麹町四丁目は、門を出て三丁(約三百三十メートル)ほどいった左側であった。

「このあたりか」

賢治郎は足を止めて、廻《まわ》りを見た。

さすがに浪人者の死体は、取り片付けられていて、何一つ残ってはいなかった。

「血が飛んだと言っていたが、それも綺麗《きれい》に拭かれているな」

周囲の民家や屋敷にしてみれば、迷惑千万である。とくに血は不浄として嫌がられている。できるだけ早く跡形を消したくなるのは、当然であった。

「浪人者が十人以上……町方が目を光らせているというのに、よくもまあ集まったものだ」

由井正雪の乱以降、町奉行所は浪人者の徒党をとくに気にしている。五人くらい集まっただけでも、目を付けるのだ。十人をこえるとなれば、よほどのことであった。

「人が出てきたな」

町屋の一軒から、商人風の男が出てきたのを、賢治郎は見つけた。

「卒爾《そつじ》ながら」

「……へい」

声をかけた賢治郎へ、露骨に嫌な顔を商人が見せた。

「すまぬな。少しだけ教えてくれればいい」

商人の気持ちがわかるだけに、賢治郎は最初に詫《わ》びておいた。

「先にそう仰せられては、否《いな》やも言いにくいですな」

苦笑いをしながら商人が応じた。

「死体はどこにどうあったのかの」

「それならば、あそことあちらに五人ずつ、そこの辻の左右に三人ずつ、あとその辻を右へ入ったところに三人でございまする」

商人が指さした。

「かたじけなかった」

これ以上は迷惑だと考えた賢治郎が礼を言って離れようとした。

「見てしまったのでございますよ」

不意に商人が声を潜めた。

「なにをでござる」

賢治郎も声を小さくした。

「いえね、家のなかから一部始終を」

商人が言った。

「町方にはそのことを」

「言いませんよ。かかわりあいになりたくありませんからね」

はっきりと商人が手を振った。

「どうして、拙者《せっしゃ》に」

「初めて礼儀正しいお方にお会いしたので。他の連中は、人に話を聞くだけで、礼も言わない。どころか、家の壁へお清めと称して塩を撒《ま》く、ひどいのになると小便を引っかけていきまする」

「それは……」

「まだそれでもましなほうで。もっとろくでもないのが、勝手に来て、黙って拝んで、厄《やく》払いをしてやったから、布施《ふせ》を出せという坊主で」

「…………」

あきれて賢治郎は、言葉をなくした。

「そんなこんながありましてね。黙っていたんですよ」

「無理もない」

賢治郎は納得した。

「やっと他人《ひと》さまへ話せまする。じつは、浪人者が、お大名の行列を襲ったんでございますよ」

「行列を……どこのだ」

「……紀州さまで」

あたりをはばかりながら、商人が告げた。

「紀州公のお屋敷は、すぐそこか」

言われて賢治郎は気づいた。紀州家の上屋敷は赤坂御門の隣にある。麴町五丁目の辻を赤坂御門のほうへ曲がれば、もう目の前であった。

「……それを返り討ちになされたので」

うなずいた商人が続けた。

「お届けは出たのかの」

商人へ賢治郎は訊いた。

「さあ。その辺りはわかりませんが、行列は一度も足を止めることなく、進んでいかれました」

そこまでは知らないと商人が首を振った。

大名行列になにかあれば、その場で止まり、大目付に届け出るのが決まりであった。

「面倒を嫌がられたんでは」

「そうかも知れぬな」

商人の言葉に賢治郎は同意した。

行列が浪人者へ襲われたと大目付に届け出れば、調べが始まる。浪人者に襲われた理由を訊かれることになる。

普通の大名ならば、さして問題にはならない。しかし、紀州家はそうはいかなかった。

表向き問題なしとされたとはいえ、由井正雪とのつきあいが紀州徳川頼宣にはあった。あの不満を持った浪人たちを糾合して、江戸、京、駿府、大坂で同時に蜂起しようとした謀叛にかかわっていたとの噂があったのだ。事実、頼宣を疑った松平伊豆守によって、十年の間、国元への帰国が禁止された。

その頼宣の行列が、浪人者に襲われた。

幕閣が黙って頼宣を不問にするはずなどなかった。

「いや、貴重な話をすまなかった」

すばやく賢治郎は懐《ふところ》から一分取り出して、商人へ渡した。

「これは……そんなつもりじゃ」

「厄落としに使ってくれ」

「ありがたくいただきまする」

押しいただいて金を商人が受け取った。

「ではの」

商人と別れた賢治郎は、紀州家へ向かった。

「紀州公を排するか」

麹町五丁目の辻を曲がりながら、賢治郎は独りごちた。

松平伊豆守の遺言に従うとなれば、今回のことは大きな手立てとなる。江戸城の廓内ではないが、半蔵御門のすぐ手前で、襲撃を受けていながら、無届けというのは問題であった。しかし、証拠がない。町人の証言くらいで、どうにかなる相手ではなかった。せめて応戦した紀州家藩士の怪我人、死人でも出ていれば、まだ手出しのしようもあった。いや、それでも難しい。なにせ、由井正雪の乱のおり、頼宣は、かの知恵者松平伊豆守の詰問をかわしたのだ。

「今の幕閣にそれほど肚のある方はおられるかどうか」

詰問のとき、松平伊豆守は己と相打ちにしてもと紀州家を潰しにかかった。それでも届かなかった。

さりげなく、門の前を過ぎながら、賢治郎は紀州家を窺《うかが》った。

「なにごともなかったようだ」

しっかりと大門を閉じられた紀州家屋敷前には、門番足軽が二人立っているだけで、普段のままであった。何度か頼宣に目通りをした賢治郎は、いつでも訪れていいと言われている。そこの町人が見ておりました、襲われたそうでと訊くことはできた。しかし、あまりに事情を知らなすぎる。賢治郎は、紀州頼宣に会うだけの決断ができなかった。

「戻るか」

賢治郎は踵を返した。

三

甲府徳川右近衛中将《うこんえのちゅうじょう》綱重の家老新見備中守《にいみびっちゅうのかみ》正信《まさのぶ》は、桜田御殿で、順性院《じゅんしょういん》と顔を合わしていた。

「吉《よし》の両親はどうなった」

「甲府へ移しまして、警固の者を付けておりまする」

問われた新見備中守が答えた。

「うむ」

満足そうに順性院がうなずいた。

「右近衛中将さまのお手が着いた女の実家《さと》になにかあってはならぬでの」

順性院が言った。

「はい」

新見備中守が同意した。

吉とは新しい綱重の側室であったが、その正体は綱吉の母桂昌院の手の者であった。

それと知らず、綱重が閨《ねや》に召してしまった。

敵の間者を側室にする。そのためには、吉を寝返らせるしかない。そこで、順性院は、新見備中守に命じ、吉の家族を桂昌院の手の届かない甲府へと匿《かくま》った。

「しかし、桂昌院もむごいことをさせる。右近衛中将さまの閨で、舌を噛《か》んで自害をせよと言いつけるとは」

「まさに」

新見備中守も安堵《あんど》の表情を浮かべた。

もし、吉が綱重と同衾《どうきん》した直後に、舌を噛んでいれば、大事であった。女が抱かれた後に死んだということは、それだけ綱重が嫌だとの意思表示となる。

まだ若い綱重が、この衝撃に耐えられるはずはなかった。

「あやうく、右近衛中将さまが、男でなくなるところであったわ」

母として、息子が不能になるのは我慢できなかった。

「当然、報復をせねばならぬ」

「お方さま」

復讐をいう順性院へ、新見備中守が難しい顔をした。

「なにもするなと申すか」

「…………」

無言で新見備中守が首肯した。

「どうしてじゃ。右近衛中将さまに害が及んだのだぞ」

「今は手が足りませぬ」

新見備中守が首を振った。

「手くらいどのようにでもできよう」

順性院が迫った。

「家中の者は遣えませぬ。なにせ、こちらのことは表沙汰《おもてざた》にできませぬゆえ」

当主の側室が、刺客であったなど口が裂けても言えることではなかった。まず、刺客をそこまで招き入れた形となっているのだ。新見備中守は当然、奥女中の多くも責任を取らなければならなくなる。新見備中守は切腹、取りしまり役の奥女中は斬首となる。まだ、それだけならばよかった。

「刺客に手を出した殿の油断を広めることになりまする」

「…………」

順性院が黙った。

女の色香に迷って、家中に騒動をもたらした。そんな情けない者に将軍家が務まると誰もが思わない。

「なにごともなかった。そうしなければなりませぬ。うかつなことをすれば、館林さまの思惑にはまりまする。噂一つでも流されれば……」

新見備中守が述べた。

そうでなくとも、世間の評判は、勉学を好む綱吉がよい。対して、綱重は元服前に手を出したくらいの女好きで、このことは知られていた。そんな綱重が、女で失敗したとなれば、世間の嘲笑を招くことになる。

「それだけは避けねばならぬ」

大声で順性院は叫んだ。

「ゆえに、なにごともなかったかのようにいたしておくのが良策でございまする」

「……おのれ、桂昌院め」

「もちろん、いつまでも我慢はいたしませぬ」

悔しがる順性院へ新見備中守が言った。

「やってくれるというか」

「お任せくださいませ」

新見備中守が引き受けた。

「頼んだぞ」

一気に機嫌をよくした順性院の前から、新見備中守は下がった。

「あアでも申さねば、お方さまは一人で走られる」

新見備中守が苦い顔をしていた。

桂昌院が手の者を、桜田館に入れていたように、順性院も神田館に息のかかった女中を入れていた。

「もし、その女中を使って、右馬頭さまへなにか仕掛けたら……」

おもわず身震いを新見備中守がした。

「その女中が成否にかかわらず、死んでくれればいいが、生きて捕まるようなことにでもなれば……」

女中なのだ。桂昌院の手の者であった吉がそうであったように、口を割らないとはかぎらない。

「なにより、お髷番のことが先じゃ」

新見備中守は、己の失策をどうするかに悩んでいた。もし、大山伝蕃《おおやまでんば》の後ろにいるのが己であると知られていたら、大変であった。

「順性院さまは、あっさりと切り捨てられる」

かばってもらえるはずはなかった。

「しばらくは、お髷番から目を離せぬ」

家老の執務部屋へ戻った新見備中守は、一人思案に入った。

小納戸月代御髪の仕事は、毎朝将軍家の髪の手入れをすることである。

「月代を剃《そ》らせていただきまする」

賢治郎は、息を止めて家綱の頭頂部へ剃刀をあてた。

「のう、賢治郎」

家綱が話しかけた。

「そなた、月代はなんのために剃るか知っておるか」

「……………」

将軍の身体《からだ》へ刃物を当てている最中である。賢治郎は答えるだけの余裕がなかった。

「戦《いくさ》の準備だそうだ」

答を待っていなかったのか、家綱は続けて口にした。

「兜《かぶと》を被《かぶ》って戦をするとな、頭に熱気が籠《こ》もるそうな。での、この熱気によって、卒倒するものが、多く出たらしい。そこで、頭に熱が籠もらぬように、頭頂部の髪を抜いたのが始まりだそうじゃ」

「…………」

息を詰めている賢治郎はうなずくこともできない。

「最初は、抜いていた。だが、それでは、戦のたびに頭が血まみれになる。戦場で流すべき血を、その前に出していたのでは、意味がないの。で、剃ることにしたのだぞうだが、それを発案したのは、誰だと思う」

「……上様」

息を吐いて、賢治郎は恨みがましい声を出した。

「お身体に剃刀をあてております。この間だけは、お静かにお願いいたしまする」

「織田信長《おだのぶなが》公だそうじゃ」

賢治郎の文句など気にせず、家綱が言った。

「上様」

「わからぬか」

家綱が不機嫌になった。

「お気に障《さわ》りましたならば、お詫び申し上げまする」

あわてて、剃刀を引いて賢治郎は、詫びた。

「そうではないわ。月代を剃る理由を今話したの」

「うかがいましてございまする」

返事はできなかったが、しっかりと賢治郎は家綱の話を聞いていた。

「戦のない今、兜を被ることさえないのだ。月代を剃ることは無意味ではないか」

家綱が言うのももっともであった。

「ですが、これは慣習というものでございまする。武士は戦をする者。月代を剃らぬのは、武士ではございませぬ」

賢治郎は否定した。

「では、毎日剃らずともよかろう。戦があるとわかってから、剃ったところで間に合うぞ」

「上様。月代を剃らずにおりますと、総髪になりまする」

総髪とは、月代をあたらず、放置する形のことである。

「それでよいではないか」

「上様は武家の統領でございまする。いわば、戦う者たちの象徴。そして、総髪は戦わぬ者の髪型。武家の象徴たる上様が総髪になさるなど、矛盾も甚《はなは》だしきかと」

「泰平の世の将軍は、戦う者たちの象徴」

口の端を家綱がゆがめた。

「これは……」

己の失言を賢治郎は気づいた。象徴とは、飾りのことだ。賢治郎は、家綱のことを

そう言ったも同然であった。

「謝るな」

平伏しようとした賢治郎へ、家綱が厳しく命じた。

「しかし……」

「黙れ」

家綱が命じた。

「はっ」

賢治郎は口を閉じた。

「将軍は飾りでいいのだ」

怒気を納めた家綱が言った。

「毎日月代を剃るのが儀式ならば、それほどよいことはないであろう。泰平の証《あかし》じゃ。のう、賢治郎。躬《み》はの、戦などしたくない」

「…………」

黙れと言われている。口を開いていいとの許可が出るまで、賢治郎は言葉を発することはできなかった。

「戦になれば、多くの者たちが死ぬ。敵は当然殺さねばならぬが、味方も無傷ではすまぬ。躬に仕えてくれている旗本たちの何人もが死ぬ」

寂しそうに家綱が続けた。

「考えてみよ。寸前まで喋《しゃべ》っていた家臣が、物言わぬ者になるのだぞ。親しく躬の世話をしてくれた者、顔を知っている者、それらが、不意にいなくなるのだ。その恐怖を考えたことがあるか」

「……………」

想像して賢治郎は息をのんだ。

「戦はいたしかたないものかも知れぬ。お互いの思惑がぶつかったうえでのことだ。どちらも譲れればいいが、そのようなことならば、戦になどならぬ。一方に譲らせるというのにも限度がある。どこかで生きていけぬ線をこえることになるからな。そうなれば、戦になるしかない。話し合いなどで解決できることなど、さしたるものではない。譲れぬものを巡って、争いは起こる」

家綱が目を伏せた。

「そう考えれば、今も戦をおこなっておるの。将軍の座を巡ってな。ふん。月代を剃るのも当然か」

「上様」

ついに賢治郎は禁を破った。

「聞いたか」

咎めずに、家綱が問うた。

「なんのことでございましょう」

「半蔵門外のことじゃ」

「どうしてご存じなので」

賢治郎は絶句した。家綱は江戸城から出ないどころか、この御座の間と大奥だけしか移動していない。

「小姓《こしょう》の一人が申しておったわ」

小納戸や小姓は、家綱の身のまわりの世話をするだけでなく、話し相手も務めた。

「愚かな」

小姓を賢治郎は罵《ののし》った。

「そなたは、いつ知った」

「昨日の午後でございまする」

問われて賢治郎は、答えた。

「そうか。今朝、躬に告げようと思わなかったか」

家綱が嘆息した。普段の賢治郎ならば、人払いされた月代を剃る短い間に、家綱へいろいろと話しかけていた。しかし、今朝はいきなり月代を剃りだした。それは、家綱へ伝えることがないとの証明であった。

「さきほど、そなたは小姓を愚かと言った。なぜ愚かなのだ」

「それは……」

「答えよ。ごまかすことは許さぬ」

きつい口調で、家綱が詰問した。

「……上様に、血なまぐさい話をお聞かせるのは、よろしくないと」

小声で賢治郎は語った。

「……さきほど象徴と申したのは本音であったか」

「そのようなことは……」

「では、なぜ、江戸城の近くで起こったことを躬に報《しら》せぬ」

「あのようなことは、上様がご存じにならずとも、町方なりが調べをおこないますれば」

賢治郎が述べた。

「なにも知らず、ただ毎日を生きていよと」

「いいえ、決して」

「下がれ。目通りはかなわぬ」

言いわけしようとした賢治郎を、家綱が叱りつけた。

「上様」

「目通りはかなわぬと申した。これ以上、言わせるな」

家綱が突き放した。

目通りを禁じられた。これに抗《あらが》えば、次に来るのは謹慎である。謹慎となれば、屋敷に戻り、門を閉じねばならない。深室家の当主でない賢治郎の罪は、作右衛門に連座する。婿養子として、それはできなかった。

「申しわけございませぬ」

平伏して賢治郎は、御座の間を出た。

「終わったのか」

御座の間の外では、家綱の髪が調うのを小納戸、小姓たちが待っていた。これは、月代を剃っているときに、周囲に他人がいると緊張して、剃刀の先が狂うという理由で、人払いをさせていたからであった。

「いいえ」

まだ髷《まげ》を結っていない。賢治郎は首を振った。

「では、なにか御用でもあるのか」

小納戸組頭が問うた。

「ご不興を買い、下がるようにと」

賢治郎は告げた。

「なにっ。なにをいたした。まさか、上様のお身体に傷をつけたのではあるまいな」

さっと小納戸組頭の顔色が変わった。月代御髪係、通称お髷番は、将軍の身体に唯一刃物をあてるのだ。失敗とくれば、剃刀の刃先が狂ったと考えるのは当然であった。

「奥医師どもを早く」

小姓組頭が叫んだ。

「上様のお身体には、傷一つ付けておりませぬ」

あわてて賢治郎は否定した。

「では、なぜじゃ」

「わたくしめの態度が、分に過ぎていたとお叱りをいただきましたので」

賢治郎は語った。

「……いつかこの日が来るのではないかと、怖《おそ》れておった」

小納戸組頭が嘆息した。

「いかに上様のお花畑番として、幼少期のお供をしていたとはいえ、今の深室は六百石の小納戸でしかない。それが、上様のご寵愛を受けていると勘違いしたから、こうなったのだ」

「まことにそうである。日頃から、深室は不遜《ふそん》であった」

小姓組頭も尻馬に乗って、賢治郎を非難した。

「上様の御髪途中でございまするが」

「なんと。小森《こもり》、そなたかつてお髷番であったの。急ぎ、上様の御髪を調えて参れ」

賢治郎の言葉に、小納戸組頭が慌てた。

「はっ」

小森が、急いで御座の間へと入っていった。

「これより、屋敷にもどり、謹慎いたしまする」

家綱を放置していたことに気づいた小姓、小納戸が動き出すなか、賢治郎は一人頭を下げた。

四

将軍が直接、旗本を叱る。あるように見えて、滅多にないことであった。家綱が賢治郎へ発した叱責は、あらゆる経路を無視していた。

普段ならば、将軍が側用人へ、誰々は気に入らぬと伝えるところから始まった。言われた側用人は、その旨を相手の上役へ報せ、その後目付を経て、謹慎、役替え、お役ご免などの処分が下される。その処分は、右筆《ゆうひつ》の手で記され、これをもって終わった。その過程を今回は取っていない。

「上様、深室の処分でございまするが、わたくしめから目付へ」

「…………」

小納戸組頭の問いに、家綱は答えなかった。

「上様」

「…………」

家綱は口をきかなかった。

「どういたしましょうぞ」

小姓組頭へ小納戸組頭が相談した。

ともに将軍の身のまわりの世話をするとはいえ、小姓と小納戸の間には、歴然たる差があった。小姓が格上になり、御座の間で起こったことの責は小姓組頭にある。

「困ったの」

小姓組頭も嘆息した。家綱の許可なく、話を動かすと、場合によっては咎めが小姓組頭へ行く。とくに寵臣である賢治郎のことだ。家綱の機嫌がなおったときどうなるか、わからない。

「豊後守《ぶんごのかみ》さまへ、お話し申しあげるしかないか」

「他に手立てはございませぬ」

小納戸組頭も同意した。

豊後守とは、老中阿部《あべ》忠秋《ただあき》のことである。三代将軍の寵臣の一人であり、四代将軍家綱の傅育を任されたほど信頼を得ていた。先日亡くなった松平伊豆守信綱と並ぶ、幕府の柱石であった。

「御坊主、阿部豊後守さまをお呼びしてくれるように」

小姓組頭が、御殿坊主に頼んだ。

本来、小姓組頭が老中を呼びつけるなど論外である。ただし、将軍にかかわることであれば、許された。

「なんじゃ」

幕政のすべてをつかさどる老中は多忙である。呼び出された阿部豊後守は、難しい顔をしながら、御座の間へ来た。

「お呼び立てして、申しわけございませぬ。じつは……」

小姓組頭が事情を述べた。

「なんじゃ。そのていどのことか」

阿部豊後守が、あきれた。

「まったく、いたしかたのないお方よ。余が上様とお話をする。一同遠慮いたせ」

「はっ」

責任を阿部豊後守へ押しつけることに成功した小姓組頭と小納戸組頭が、ほっと安堵の顔をしながら、首肯した。

皆がいなくなるのを待って、阿部豊後守は御座の間へ足を踏み入れた。

「上様」

「豊後か」

さすがに襁褓《むつき》をしていたころから、面倒を見てもらっていた阿部豊後守を無視するわけにはいかなかったのか、家綱が苦い声をだした。

「なにがございました」

「……………」

問われた家綱が沈黙した。

「では、賢治郎はお役ご免といたしましょう」

阿部豊後守が腰をあげた。

「ま、待て」

家綱が止めた。

「そこまでせずともよい」

「なにを言われまするか。上様直接のお怒りを受けたのでございまする。お役ご免にいたしませねば、周囲の者へ示しがつきませぬ」

もう一度、腰をおろして阿部豊後守が厳しく言った。

「上様のお言葉には、それだけの重みがございまする。なんども申しあげたはずでございますな」

「…………」

家綱が黙った。

「賢治郎を永遠に失ってよろしいのでございますな」

「それは……」

「将軍の怒りを受けた者をお側に侍《はべ》らすわけには参りませぬ」

「と、取り消す」

「上様」

凍り付くような声で、阿部豊後守が家綱を呼んだ。

「一度将軍の口から発せられたものは、そう簡単に出したり引っ込めたりできるものではございませぬ。そのようなまねをしてしまえば、政への信は失われ、徳川の天下は潰れまする」

「うっ……」

家綱が唸《うな》った。

「なにがございました。あれほどの信をおいていた賢治郎へお怒りとは。いや、信あればこそ、腹立たしかったのでございますか」

「そうじゃ……」

阿部豊後守に見抜かれて、家綱が語った。

「まったく」

聞き終わった阿部豊後守が嘆息した。

「上様、真の寵臣とは得難い者でございまする」

「わかっておる」

「先代さまにおける伊豆守は真の寵臣でございました。家光さまは、ただの一度も伊豆守を疑うことなく、お叱りになりませなんだ。もちろん、伊豆守もその信に応えるべく、努力し続けておりましたが」

阿部豊後守が、家綱へ諫言《かんげん》した。

「真の寵臣は、臣だけでなりたつものでございませぬ。主も命を捨ててもという寵臣の忠義を受けるだけの素質が求められまする。このどちらか欠けても、寵臣というのは生まれず、佞臣《ねいしん》を作り出すだけ」

「わかっておる」

「ならば、主と臣、どちらがより努力せねばならぬか。臣の命を投げ出させるのでございますぞ。当然主だとおわかりですな」

冷徹に阿部豊後守が言った。

「なにせ、臣は死んでしまえば、そこまででございますからな。対して主は、死に逃げることは許されませぬ。天寿が来るまで、主は主たらねばなりませぬ」

「………」

「主は臣の屍《しかばね》の上に立つ。その覚悟をお持ちか」

沈黙した家綱へ、阿部豊後守が問うた。

「覚悟がないならば、賢治郎を放しておやりになられませ。今のままでは、賢治郎を死なせるだけでございまする」

「なぜ、賢治郎が死ぬと」

「半蔵御門を出たところになにがあるか、ご存じではない。まあ、上様は城から出られることはないので、当然でございますが」

「なにがあるのだ」

「紀州家上屋敷」

「……くっ」

家綱が息をのんだ。

「おそらく、賢治郎はそれを知っておりましょうよ。あやつの性分からして、昨日噂を聞いたなら、見に行ったでしょう」

「なぜ、それを隠す」

「浪人者たちの死体は、紀州家の行列を襲って返り討ちにあったからでございましょうな」

阿部豊後守が述べた。

「まことか」

「他の大名ならば、襲われれば届け出ましょう。知らぬ顔を決めこんでいるとなれば、紀州以外にはありますまい」

「なるほど。由井正雪か」

すぐに事情を家綱が理解した。

「おわかりでございますな。賢治郎がこのことについて話をせなんだのは、なぜかと」

「……紀州家相手にうかつなことは言えぬ」

家綱が答えた。

「さようでございまする。紀州家の当主頼宣公は、神君家康さまのお子さまでございまする。噂ていどでどうにかできる相手ではございませぬ。賢治郎はもう少し事情を明らかにしてからと考えていたのでございましょう」

「…………」

「もっとも、賢治郎もよろしくはございませぬ。麴町のことを上様にお聞かせしなかったのはよろしいが、他から漏れることを考えていない。それを考えて、上様へ対する。そこまでできて、ようやく半人前の寵臣。まだまだ一人前には遠い」

賢治郎のしたことを認めながらも、阿部豊後守はまだまだだと評した。

「どういたせばよい」

「上様は、いつもどおりに。小姓どもがなにか申しましても、お相手になりませぬよう」

「賢治郎は……」

「少し、考えさせなければなりませぬ。まだ、浅すぎますゆえ」

阿部豊後守が言った。

「しばし、お側より離しまする」

「豊後……」

家綱が、心細そうな顔をした。

「そろそろ賢治郎も変わらねばならぬときが来たのでございましょう」

「どういうことじゃ」

「今までの賢治郎ならば、麴町の件、知ったならば、そのまま上様のお耳へ入れ申しておりましたはず」

「うむ」

はっきりと家綱がうなずいた。

「それではいかぬのでございまする。噂には、真偽だけでなく、悪意があるものもありまする。上様へ悪意のある噂をお聞かせするなど論外。やっと賢治郎は、そのことを考えるようになった」

「…………」

家綱がなんとも言えない顔をした。

「いつまでも、お花畑ではおられませぬ。上様は天下人、そして賢治郎はその家臣。もう、同じときを過ごすことはできませぬ」

はっきりと阿部豊後守が言った。

「これからも上様のご治世は続きまする。その治世を支える寵臣として、賢治郎は変わらねばならぬのでございまする」

「執政にか」

「まだまだ先の話でございまする。が、そのおつもりでおられますよう」

「賢治郎も躬の側から離れていくか」

「主の定めでございまする」

嘆息する家綱へ、阿部豊後守が告げた。

「賢治郎のことはお任せを。そう遠くないうちに、上様のもとへお返しいたしまする。まだ政に加えるには青うございまするゆえ。ただ、賢治郎にも覚悟をさせまする。上様もお肚をお決めになられますよう。賢治郎を寵臣とするかどうか」

「……わかった」

「では、外におる者どもへ、話をして参りまする」

一礼して阿部豊後守が立ちあがった。

御座の間から出てきた阿部豊後守へ、小姓たちがいっせいに顔を向けた。

「豊後守さま」

小姓組頭が、すがるような声を出した。

「案ずるでない。上様のご気色《きしょく》は、おなおりである」

「おおっ」

「よかった」

阿部豊後守の言葉に、小姓組頭と小納戸組頭が、安堵のため息をついた。

「深室の後任を決めねばなりませぬ」

小納戸組頭が口にした。

「誰が、深室をお役ご免とすると申したのだ」

鋭く阿部豊後守が咎めた。

「上様のお叱りを……」

「お叱りを直接受けた場合、上様のお口から罪を言い渡していただかねばならぬ。我らに深室の処断をお任せにはならなかった。ゆえに深室については、上様よりお許しあるまで、登城を停止。役目についてはこのままとする」

なにもなかったとはできない。阿部豊後守は、賢治郎を登城停止の処分とした。登城停止は城中で、礼儀礼法にかなわぬおこないをした大名や旗本へ、目付が命じることからもわかるように、本処分を決めるまでの仮の意味合いがあった。

もちろん、登城停止も罰には違いなかった。右筆によって記される。本処分をするほどではないとなったところで、登城停止の記録は残り、後々の出世には響いた。

「しかし、それでは、上様のご気分を害し奉り、我ら御座の間に務めておる者へ迷惑を……」

小姓組頭が不満を述べた。

「迷惑であったか。そうか。上様のご気分のご変化に困ったと」

冷たい目で阿部豊後守が、一同を見た。

「お小姓、お小納戸は、もっとも上様に近い。ご気色の良い悪いも含めて、お仕えすると思っておったが、違ったようじゃの」

「えっ」

「それは……」

阿部豊後守の言葉に、小姓組頭と小納戸組頭が、言葉に詰まった。

「適材適所。これは、上様を補佐する我ら執政がもっとも心がけねばならぬことだ。ご機嫌次第でお役目に差し障るようならば、上様のお側では役に立つまい。ぎゃくに上様から遠いところならば、存分に力を振るえよう。大坂、京、駿河あたりに、ふさわしい仕事があるはずじゃ。しばし、待っておるがよい。いや、お主《ぬし》たち二人が、そのような辛《つら》い思いをしておったことに気づかず、すまなかったの」

最後には微笑《ほほえ》みを浮かべて、阿部豊後守が二人を見た。

「お、お待ちを」

小姓組頭の顔色がなくなった。

御座の間は、将軍の居場所である。政にかかわる場所ではないため、功績をあげることはないが、将軍の目に止まるだけに、出世の機会も多い。たいして、地方へやられると、忘れられてしまう。下手《へた》すれば、そのまま任地で死ぬまで過ごすこともあった。

「上様へお仕えする意味さえ、わからぬのか」

一言で、小姓組頭を切り捨てて、阿部豊後守が御座の間を後にした。

「まったく、昨今の旗本は、上様ではなく、己の出世に忠実すぎる」

御用部屋へと戻りながら、阿部豊後守が嘆息した。

「しかし、できるだけ早く上様に和子さまをお作りいただかねば、馬鹿どもが己にも機はあると思いこんで動きよる。神君家康さまが、三代将軍に家光さまをと仰せられたことで、嫡子相続が徳川の決まりとなったのだ。紀州はもとより、甲府も館林も嫡子ではない。だが、今上様に万一あれば、この三人のうち、生きている者が五代将軍となる。ゆえに麴町のようなことが起こる。上様にお子さまさえできればすべては解決する。孕《はら》みやすい女をお側へあげるか」

阿部豊後守が独りごちた。

第二章　血の柵《しがらみ》

一

紀州藩主徳川頼宣は、家老三浦長門守為時《みうらながとのかみためとき》と庭を散策していた。

「まだ誰も当家へ参っておらぬか」

「はい」

頼宣の問いに三浦長門守が首肯《しゅこう》した。

「よほど、余に触れるのが怖いらしい。伊豆守ならば、余を城中へ呼びつけるくらいはしたであろうに」

小さく頼宣が笑った。

「大目付《おおめつけ》、目付も肚がなくなったの。疑わしきを調べ、白黒をつけるのが、監察の仕事であろうが。これでは、余が将軍となったときに、使える者がおらぬということになりかねぬ」

「紀州よりお連れになられればよろしゅうございましょう」

三浦長門守が言った。

「いいや。紀州は三家として光貞《みつさだ》へ継がしてやらねばならぬ。家臣どもを抜けば、光貞が困ろう。連れて行くのは、長門守、そなたとあと数名だけでよい。旗本八万騎を使いこなしてこそ、将軍である」

光貞とは、頼宣の嫡男のことである。紀州家は、御三家のなかで唯一世代交代をしていないため、まだ部屋住の身分であった。

「御意《ぎょい》」

頼宣の言いぶんに、三浦長門守がうなずいた。

「そろそろやり返してよいころだの」

冷たい顔で頼宣が言った。

「館林どのを襲いまするか」

「うむ。神君家康さまの息子に手出しをしたこと、後悔させてやらねばの」

「お任せいただけましょうや」

頼宣へ三浦長門守が願った。

「吉報を待っている」

「はっ」

三浦長門守が一礼した。

「…………」

少しの間、二人は庭をじっと見ていた。

「行ったか」

「のようでございまする」

しばらくして頼宣が口を開き、三浦長門守も同意した。

「光貞の手か」

頼宣が、少し離れた築山へ目をやった。

「おそらくは」

続いて三浦長門守が、母屋《おもや》へ繋《つな》がる植えこみの陰を見た。

「二人放つのは、まああだ。どちらかが見つかっても、もう一方が補えるからの。しかし、ともに未熟すぎる」

大きく頼宣が嘆息した。

「殿のお側《そば》で、見つかっても違和のない者と考えて、小姓をお遣いになられておられまするが……」

「小姓に細作のまねはできぬわの。気配の消しかたさえ知らぬ。あれでは、戦場での伏勢などできぬ。伏勢は、敵が来るまでしわぶき一つ立ててはならぬ。たとえ、足の上を蝮《まむし》がはおうとも、身じろぎ一つできぬもの。ふうう。幕府の役人を役立たずという前に、吾《わ》が家中を鍛え直させねばならぬわ」

「申しわけございませぬ」

三浦長門守が詫《わ》びた。

「光貞はいくつになった」

「寛永三年のお生まれでございますれば、今年で三十六歳におなりかと」

問われた三浦長門守が答えた。

「もう三十六にもなるか。ならば無理もないの」

息子の歳《とし》をあらためて確認した頼宣が笑った。

「尾張《おわり》徳川の初代で吾が兄の義直《よしなお》は慶安三年（一六五〇）に、水戸《みと》徳川初代で弟の頼《より》房《ふさ》は昨寛文元年（一六六一）に死んだ。いまや神君家康以降の血を引く子供は、儂《わし》と兄の忠輝《ただてる》のみ。忠輝は父の勘気に触れ、流罪となっており、藩を持たぬゆえ、別とすれば、家康さまの嫡孫で、藩主の座につけておらぬのは、光貞のみ。よいかげん、父が邪魔であろう」

「そのようなことは……」

「ないわけなかろう。そのうえ、父は、藩を危なくすることばかりしておる。このまま放置しておけば、いつ家が潰《つぶ》されるか。もし、謀叛で父が捕まれば、息子の光貞も連座じゃ。藩主になるどころか、切腹させられかねぬ。やれ、覇気のない息子じゃと思っておったが、なかなかやるの。これで、余に牙《きば》でも剝《む》いてくれれば、上出来」

「殿」

楽しむような頼宣を、三浦長門守がたしなめた。

「もっとも、これが、あやつの腹から出たことならばの。大人しく殺されてやってもよい。とどのつまり、親というのは、子のためにあるのだからな。だが、他人の手のひらの上で踊らされているようならば、目を覚ましてやらねばならぬ。でなくば、将来も他人に利用されるだけで、家を危うくするだけじゃ。少し痛い目を見せてでも、躾《しつ》ける。これも親の役目よ」

頼宣の笑いが冷たいものへと変わった。

「器量をはかってやろう、光貞」

「…………」

三浦長門守が沈黙した。

頼宣の嫡男光貞は、八丁堀の中屋敷にいた。

「そうか。父は、まだあきらめぬか」

上屋敷にいる小姓から報告を受けた光貞が嘆息した。

「先日の襲撃が警告だとなぜ気づかぬ」

光貞が怒った。

「紀州家は御三家として、江戸城中において先触れ制止を許される格別の家柄。紀州という場所と、石高に不満がないとは言わぬが、潰されるよりましではないか」

「御意にございまする」

話しかけられた紀州家付け家老の一人、安藤帯刀直清《あんどうたてわきなおきよ》がうなずいた。

安藤帯刀は、かつて頼宣を駿河から紀州へ移すのに尽力した安藤直次《なおつぐ》の娘の子である。安藤家の直系が絶えたことで、養子に入り承応三年（一六五四）に家督を継いだ。

寛永十年生まれで、六歳歳下の安藤帯刀を光貞は気に入り、なにかと側《そば》に置いていた。

「今回は、根来の者どものおかげで、藩士どもに傷もなく、無事にすませられたが、次もうまくいくとはかぎらぬ。藩士の一人でも死ねば、さすがに隠すことはできまい。そうなれば、なぜ、紀州家の行列が襲われたかとなり、父の野心が明らかになるやも知れぬ。そうなれば、神君の血を引く御三家といえども、無事ではすまぬ」

「はい」

「余は腹切るのも、配所で朽ちるのも嫌じゃ」

光貞が身を震わせた。

徳川一族で将軍家に逆らった者の末路は哀れであった。

未《いま》だ生きているとはいえ、二代将軍秀忠に嫌われた家康の六男忠輝は、伊勢の朝熊山に流され、酒や煙草《たばこ》にも困る生活を送っている。

三代将軍家光の弟で、将軍の座を一時争った忠長《ただなが》は、駿河五十万石という領土を取りあげられ、高崎へ流された後、切腹させられている。

「頼宣さまに、ご隠居を願われては」

「すると思うか」

安藤帯刀の提案に、光貞が首を振った。

「いまさら隠居するくらいならば、由井正雪の乱で疑いをかけられたとき、しておるわ」

「…………」

光貞の言葉に安藤帯刀が一瞬沈黙したあと、口を開いた。

「このままではよくないと、堀田備中守《ほったびっちゅうのかみ》さまからもお話がございました」

堀田備中守とは、家光の寵臣堀田正盛《まさもり》の息子である。奏者番《そうしゃばん》を勤め、いずれ若年寄から老中へ登ると噂されている切れ者であった。

「備中ごときに言われたくないが……」

苦い顔を光貞がした。

もともと織田家中であった堀田家は、春日局の娘を嫁にもらったことで開運した。家光の乳母の春日局の勢力にのった形であり、譜代ともいえない家柄である。その堀田家から御三家に注文がつくことを、光貞は快く思っていなかった。

「堀田備中守さまから、若さまが紀州家当主となられたあかつきには、大坂城と摂津、河内、和泉《いずみ》の三国をお渡しするというご内意も」

「ふん」

安藤帯刀の言葉に、光貞が鼻で笑った。

「そのような力、堀田ごときにあるか」

「いえ」

光貞へ、安藤帯刀が注意をうながした。

「かつて、堀田備中守の父正盛さまは、家光さまのもとで老中でございました。それに松平伊豆守さまは、阿部豊後守さま以上の権をお持ちだったとか。そのご子息である備中守さまも、いずれ老中となられましょう。あながち、夢とは申せませぬ」

「ふうむ」

言われた光貞が考えこんだ。

「若さま。執政衆とのかかわりは、どのようなものでも持っていて損はありませぬ」

安藤帯刀が述べた。

「それはそうじゃが……父を隠居させることなどできぬぞ」

光貞が無理だと言った。

「……隠居せざるを得ない状況にもっていかれては」

「隠居せざるを得ない状況とはなんだ」

わからぬと光貞が問うた。

「病で当主の仕事をお続けになれないとか……お怪我を負われて……」

「父を襲えというか」

「付け家老というものは……」

驚く光貞に安藤帯刀は語った。

「お家の存続を守るものでございまする。吾が祖父直次はそういたしました」

家康より頼宣の付け家老に任じられた安藤直次は、二代将軍秀忠の出した駿河から紀州への国替えの指示に逆らおうとした頼宣を命がけで説得した。

「あのとき祖父は、頼宣さまを説得したのではございませぬ。短刀を頼宣さまの首に突きつけて、脅したのでございまする」

淡々と安藤帯刀が真相を明かした。

「存続のためには、当主といえども……」

聞いた光貞が絶句した。

「付け家老とは、家康さまのお子さま方をお守りするのが任。と同時に、本家へ叛意《はんい》をもたれたとき、掣肘《せいちゅう》する役目をもちまする」

「…………」

光貞が言葉を失った。

「…………」

安藤帯刀も黙った。

「任せる。余は知らぬ」

沈黙に耐えかねた光貞が口を開いた。

「承知いたしましてございまする」

ていねいに安藤帯刀が頭を下げた。

紀州家中屋敷から下がった安藤帯刀は、その足で堀田備中守正俊《まさとし》の屋敷へと向かった。

「お珍しいことだ」

堀田備中守が、歓待した。

「ご報告をと思いまして……」

先ほど光貞とした話を安藤帯刀が述べた。

「そうか。紀州公が隠居されるか」

小さく堀田備中守が笑った。

「これで、家康さまのお子さまがたは、おいでにならなくなる。寂しい気もいたすが、世は移ろっておる。最後の戦国武将とうたわれたお方には、住みにくい世になっているはず。あとは、のんびりと茶なとお楽しみになられればよい」

「さようでございますな」

安藤帯刀が同意した。

「で、お約束のことでございまするが」

「お約束……はて」

堀田備中守が首をかしげた。

「備中守さま」

険しい声を安藤帯刀が出した。

「おお、安藤どのを紀州ではなく、離れたところへお移しするお話でございましたな。覚えておりまする」

手を打って堀田備中守が応えた。

「安藤家は、家康さまのご命で頼宣さまに付けられた。その頼宣さまがお亡くなりになれば、お役は終わりまする。もとの譜代大名へお戻りになるのは当然。いや、当たり前のことと思っておりましたので、つい、失念をいたしました」

「ならば、けっこうでございまする。無礼をいたしました」

安藤帯刀が詫びた。

「どこか領土にお望みはございまするか」

「かつて祖父が領していた遠江《とおとうみ》の掛川がいただきとうございまする」

機嫌を取るような堀田備中守の言葉に、安藤帯刀がのった。

「掛川でございまするか。あそこはたしか、彦根の井伊《いい》どのの分家、兵部小輔直好《ひょうぶしょうゆうなおよし》どのが三万五千石でおられたはず。よろしゅうござるのか。三万九千石から減りまするぞ」

「けっこうでござる。領地の多寡など問題ではございませぬ。譜代に戻ることが肝要」

訊《き》く堀田備中守へ、安藤帯刀が答えた。

「まさに。優秀な安藤どのならば、譜代になられれば、すぐに執政となられましょう。となれば、加増もいただけまする」

堀田備中守がおだてた。

「ただし、これはお役目を果たされたおりのこと」

「わかっておりまする。このままでは絵に描いた餅《もち》だと」

安藤帯刀が首肯した。

「これは安藤家の任。わたくしはいっさいの援助をいたしませぬ」

「はい」

念を押す堀田備中守へ、安藤帯刀がはっきりとうなずいた。

安藤帯刀が帰った後、堀田備中守は、用人を呼んで、新しい茶を点《た》てさせた。

「家康さまもむごいことをなさったものよ」

「……………」

用人が無言で茶碗を差し出した。

「付け家老は皆、水戸の中山《なかやま》備前守《びぜんのかみ》と同じにしてやればよかったのだ」

「どういうことでございましょう」

「知っておるか。水戸の付け家老中山備前守はの、もともとは北条《ほうじょう》浪人でな。家康さまに拾っていただいて一千五百石をいただいた。それが水戸頼房《よりふさ》の付け家老となったことで二万石に加増された。付け家老になったことを喜びはすれ、恨みに思うことはない」

一千五百石から二万石とは、じつに十倍以上である。大きな出世といっていい。たしかに直参《じきさん》から、御三家の家臣という陪臣に近い立場へ落ちるが、一応末代まで直参扱いにすると約束もされている。

「また、尾張の竹腰《たけのこし》のように、義直さまの母方の実家も別じゃ。付け家老になるのは当然だからの。問題は、安藤や成瀬《なるせ》のような、大名格であった者よ」

喫し終えた堀田備中守が、茶碗を置いた。

「多少禄が増えるより、直参でなくなるほうが嫌なのだ。とくに長く織田信長、豊臣《とよとみ》秀吉《ひでよし》のもとで、臣従を強《し》いられてきていたからな。それがようやく天下は徳川のものとなり、陪臣であった地位から、直参になれた。そのときに、もう一度陪臣へ下りろといわれたら、たまるまい」

「まさに」

二杯目の茶を点てながら、用人がうなずいた。

「とくに安藤はきつかったであろうな。駿河で家康さまの老中を務めていたというからの。聞いた話だが、江戸の老中より、駿河の老中が格上だったそうじゃ」

「そのようなことが。家康さまは、ご隠居なされておられたはず。将軍の老中より、駿河の老中が上など」

信じられないと、用人が首を振った。

「神君家康さまの老中ぞ。秀忠さまの老中では歯が立つまい。なにせ、駿河の老中には切り札がある。家康さまのお望みというな」

堀田備中守が述べた。

関ヶ原の合戦を経て家康が手にしたとはいえ、まだあのころ、天下は持ち回りと考えられていた。織田信長の次に、豊臣秀吉、そして徳川家康と、天下は一度も世襲されていない。徳川家康の死後、天下を狙うだけの器量を持った大名たちはいくらでもいた。伊達政宗《だてまさむね》、島津義弘《しまづよしひろ》、豊臣秀頼《ひでより》らが、虎視眈々《こしたんたん》と家康の退場を待っていた。

「なにせ、秀忠さまでは、天下の諸大名を抑えるなど無理であった。そなたも話くらいは知っておろう。関ヶ原の遅刻のことを」

「はい。たしか、信濃《しなの》の真田《さなだ》に翻弄《ほんろう》され、関ヶ原の合戦に遅れたと」

用人が答えた。

「そうじゃ。関ヶ原の合戦は天下分け目の戦いといわれた。秀吉亡き後、豊臣の天下を守ろうとする石田三成《いしだみつなり》らと徳川とが、まさに天下を二分して覇権を争った。その大切な合戦に遅れたのだ。家康さまの麾下《きか》にいたのは、わずかな旗本と、外様《とざま》の大名ばかり。いわば、豊臣恩顧の大名じゃ。信用できぬ。対して秀忠さまの率いたのは、三万という徳川生え抜きの軍勢ぞ。戦場にいれば、どれだけ頼りになる。事実、合戦は終始家康さま不利であったという。小早川《こばやかわ》や吉川《きっかわ》らの寝返りがなければ、徳川の天下はなかったかも知れぬ」

二杯目の茶を堀田備中守が啜《すす》った。

「その戦《いくさ》に真田一人にあしらわれ、遅れた。そんな秀忠さまに、天下が治められるか」

「…………」

身分からして、同意はしにくい。用人は黙った。

「それでも秀忠さまに将軍を譲ったのは、天下持ち回りを家康さまが否定されたことでしかない。将軍とはいえ、秀忠さまに実権などない」

「それで駿河老中が、江戸よりも」

「うむ。その駿河老中として、秀忠さまにも意見できていた安藤直次が、いきなり頼宣のお付きとなって、格落ちだ。腹も立ったであろうな」

「たしかに」

用人が納得した。

「その先祖の恨みを、晴らしたいというのだ。手助けくらいしてやってもよかろう」

口の端をゆがめて、堀田備中守が小さく笑った。

二

悄然《しょうぜん》として、賢治郎は屋敷へ戻った。

「お早いお帰りでございまする……」

門番の報《しら》せに、出てきた三弥が、息をのんだ。

「どうなされたのでございまするか」

「………」

問う三弥に応えず、賢治郎は自室へ入った。

「なにかござったのでございましょう」

続けて賢治郎の部屋へ入った三弥がもう一度訊いた。

「……義父上《ちちうえ》は」

「まだお城からお戻りではありません。ご存じでございましょう」

留守居番は、一昼夜勤務の一日非番である。深室作右衛門は、今朝当番として出て行った。帰ってくるのは明日の朝であった。

「そうか」

着替えもせず、賢治郎は座った。

「賢治郎どの」

家付き娘の三弥は、我慢強い方ではない。膝《ひざ》と膝がぶつかるくらい賢治郎の近くに腰を落とし、鋭い目つきで見た。

「お話を……」

「上様より、お叱りを受けた」

三度目の問いを発しようとした三弥を遮って賢治郎が告げた。

「離縁をしてもらいたい」

賢治郎が頭《こうべ》を垂れた。

「……離縁でございますか。ずいぶんと勝手なことを仰せられますこと」

冷たい声で三弥が言った。

「あなたさまはそれですみましょうが、わたくしはどうなりましょう。すでにあなたさまを婿《むこ》として迎えたのでございまする。傷がついたのでございまする」

「いや、拙者《せっしゃ》と三弥どのとの間にはなにも……」

「それをどうやって、世間に報せまするので」

「……それは」

「女の操の証《あかし》は、自害するのみ」

「…………」

賢治郎は言葉をなくした。

「しかし、それでは、深室の家に害が及ぶ」

首を振って、賢治郎は述べた。

「それほど、上様とは狭量なお方でございますか」

「なにをいうか。上様は度量広きお方じゃ」

家綱のことを言われた賢治郎は激した。

「ならば、上様が深室の家をどうこうはなさいますまい」

「……だが、連座というのがある」

落ち着いた三弥に対し、賢治郎は感情が抑えきれていなかった。

連座とは、ある一定以上の罪を犯した場合に適応されるもので、当事者だけでなく、その一門にまで責任が問われた。もっとも重い謀反となれば、連座の範囲は九族郎党とされ、親子兄弟だけでなく、その先の親族、家臣にまで累《るい》は及んだ。

「上様をお信じなされませ」

不意に三弥の声が柔らかくなった。

「……信じる」

「あなたがお仕えした上様でございましょう。その上様が腹を切れと仰せられれば、したがうのが旗本。そしてあなたを養子として迎えたのは、深室の家。なにがあっても、受け止めるのが当然」

三弥が胸を張った。

「深室の家を栄えさせてくれるならば、養子として扱い、なにか悪いことがあれば、さっさと放逐する。深室の家はそこまで情けなくはございませぬ」

「…………」

「もし上様のお怒りがあるならば、お目付さまがお出でになりましょう。そのとき、城中から下がってきたままの姿でお迎えになるおつもりか」

立ちあがった三弥が、着替えを促した。

「まちがえたことをして叱られたのでございますか」

「違う」

それだけは言えると、賢治郎は強く否定した。

「ならば、どうどうとなされませ。叱られた子供のように背を丸めている殿方は、好ましいとは思えませぬ。たとえ、腹切らねばならなかったとして、わたくしに情けない夫であったと、思い出すたびに顔をしかめさせたいのでございますか」

「わかった」

三弥の叱咤《しった》に賢治郎は顔をあげた。

阿部豊後守による火消しができたとはいえ、城中に噂が拡がるのは止められなかった。

「おもしろい」

奏者番として毎日江戸城へ詰める堀田備中守が、小さく笑った。奏者番とは、将軍家へ目通りする大名、役人のお披露目をする役目である。大名や旗本の格式によって違うお目通りの慣例を覚えて、まちがえないよう指揮しなければならず、なかなか難しい役目であった。詰め衆と呼ばれる譜代大名のなかから選ばれ、寺社奉行を経て、若年寄、大坂城代などへと出世していく。

「お鬢番《まげばん》を排除する好機よな」

江戸城から動けない将軍家綱にとって、賢治郎は耳目である。その耳目を失えば、家綱には、世間のことがわからなくなる。

「小姓《こしょう》や小納戸《こなんど》どもを籠絡《ろうらく》するのは易《やす》い。こちらの都合の良いことだけを耳に入れられれば、将軍を意のままに操るはたやすい」

堀田備中守が、独りごちた。

「お坊主」

奏者番の控え室に待機している御殿坊主を、堀田備中守が呼んだ。

「お呼びで」

すぐに御殿坊主が近づいてきた。

御殿坊主は、城中の雑用係である。茶を淹《い》れたり、厠《かわや》へ案内したり、使者代わりとなることもある。大奥以外であれば、江戸城内のどこにでも入ることができ、もっとも噂につうじていた。だけに、御殿坊主に嫌われると、弁当を食べるときに茶をもらえなかったり、呼び出しを後回しにされたりする。

堀田備中守は、日頃から御殿坊主へ金を撒《ま》き、手中のものとしていた。

「留守居番の深室作右衛門が、本日当番かどうか、見てきてくれぬか」

「お呼びせずとも」

「うむ。確認だけでよい」

御殿坊主の確認に、堀田備中守が答えた。

「では、しばしお待ちを」

一礼して御殿坊主が小走りに駆けた。

江戸城内で、医者と御殿坊主だけが走ることを許されていた。医者は一刻を争うからであり、御殿坊主はいつ重要な使いを命じられるかわからないからであった。重要な使いのときだけ走っていては、なにか異変があったと、周囲の者まで知ってしまう。それを防ぐため、普段から走るのである。

すぐに御殿坊主が戻ってきた。

「備中守さま。留守居番深室さま、本日当番で登城なされておられまする」

「ごくろうであった。もう一つ頼めるか」

ねぎらった堀田備中守は、懐《ふところ》から書きあげておいた手紙を御殿坊主に預けた。

「これをな、大手門前におる家臣に渡して貰《もら》いたい」

奏者番であろうが、老中であろうが、江戸城内へ家臣を連れてはいることはできなかった。

「はい」

うなずいて走り出そうとする御殿坊主へ、堀田備中守が声をかけた。

「ひさしぶりじゃ。近いうちに、屋敷へ来られよ。珍しい酒をいただいたゆえ、一献参ろう」

「これは、かたじけのうございまする」

御殿坊主が喜色を浮かべた。

一回あたりの用事だけならば、大名や旗本は白扇を御殿坊主に渡すだけであった。白扇は城中でのお金代わりであり、後日屋敷で精算した。

たいして、屋敷に招くのは、出入りの御殿坊主と呼ばれ、節季ごとに衣服や金をもらえる。だけでなく、こうやって呼び出されると、酒食の接待を受けた後、かなりの金額を包んでもたせてくれる。

御殿坊主が喜んだのも当然であった。

「では、行って参りまする」

ていねいに頭を下げて、御殿坊主がふたたび走っていった。

「さて、次は上杉《うえすぎ》家の帰国挨拶か」

任に戻るため、堀田備中守は、黒書院へと足を向けた。

御殿坊主から主君の手紙を受け取って読んだ用人は、すぐに動いた。

「将軍さまを怒らせ、自宅で謹慎か。使えるな」

用人は、その足で雉子橋《きじばし》通り、小川町にある松平主馬の屋敷を訪れた。

「これは、御用人どの」

主馬は屋敷にいた。

賢治郎の兄、主馬は三千石の寄合《よりあい》旗本である。

寄合旗本とは、おおむね三千石以上で無役の者のことをいった。旗本のなかでも高禄であり、役目に就くとすれば、町奉行、勘定奉行、大番頭などの重要なものとなる。譜代大名との婚姻なども多く、出世して大名となっていくことともままあった。

しかし、なまじ石高が多いため、初任の役目の数が少なく、なかなか世に出ることが難しい場合もあった。

主馬がそうであった。いかに高禄であっても、無役では世間体も悪いだけでなく、実収入も目減りした。

三千石ともなれば、士分の家臣だけで二十人をこえ、それ以外にも中間《ちゅうげん》、女中なども いる。実質当主に残る金は、そうない。それでいて、身分相応の格は保たねばならないうえ、物価は年々上がっていく。

見た目の派手さとは裏腹に、松平家の内情は厳しかった。

窮状を打開するには、役付になる。これがもっとも早かった。役付になれば、役料が入る。もちろん、出て行くものも増えるが、役料以外に、役目にかかわることで便宜をはかって欲しい者からの付け届けが来る。

主馬は、役付になるため、寄合の家格に与えられた権利を利用して、早朝から江戸城へ用もないのに登城し、執政たちとの顔つなぎに勤《いそ》しんだ。そして主馬は、次代の執政と睨《にら》んだ堀田備中守との伝手《つて》を摑《つか》んでいた。

「主《あるじ》より、火急のお報せを預かって参りました」

用人が述べた。

「備中守さまより」

主馬が緊張した。

「先ほど、御座の間において、深室賢治郎どの、上様のご不興を買われ、屋敷にて謹慎を命じられたとのことでございまする」

謹慎までいっていないが、用人は主の指示どおり、賢治郎の罪を重く告げた。

「な、なんですと」

聞いた主馬が絶句した。

「まだ正式な罪は、上様より出されておらぬそうではございますが、急ぎ対応されねば、ご当家さまは、深室さまのご実家、なにやらあるかも知れぬと、主が申しておりました」

「ま、まことに。かたじけない」

主馬がうなずいた。

「では、わたくしはこれにて」

用件を終えたと用人が立ちあがった。

「しばし、しばし」

あわてて主馬が止めた。

「どういたせばよろしいか、備中守さまはなにか、おっしゃってはおられなかったか」

「主は城中で、会えませせぬ。今回も手紙で指示をいただいて、やって来た次第で」

用人が首を振った。

「なさけなき仕儀だが、どうしていいかわかりませぬ。今まで、一門でお咎《とが》めを受けるような者はおりませせなんだゆえ。どうでござろう、奏者番のお役目に就かれている備中守さまの御用人ともなれば、こういうことにもお詳しいと存ずる。お知恵をお借りできぬか」

下手に主馬が頼んだ。

「わたくしごときでお役に立てるかどうかわかりませぬが、お手伝いならば」

ためらうように用人が言った。

「いかがでござろうか。賢治郎さまを義絶なされては」

用人が提案した。

義絶とは、一門の縁を切ることである。慶弔にかかわらず、つきあいをせず、他人とどうようにすることで、連座を避けようというのであった。

「しかし、今からではお届けが間に合いませぬな」

言っておいて、用人が否定した。

旗本や大名が義絶をする場合は、幕府に届け出なければならなかった。届け出て、認可を受け、右筆《ゆうひつ》が記録に記して、義絶は効力を発した。すでに、ことが起こってしまっているのだ。今さら、届け出を出しても間に合わないだけでなく、己だけ無事で助かろうとする卑怯未練者との誹《そし》りは避けられなかった。

「……他に手立ては……」

顔色を失った主馬が、縋《すが》るような目で用人を見た。

「なるかどうかはわかりませぬが……」

ためらうような声で、用人が口を開いた。

「おおっ。なにかよい案がござるか」

主馬が身を乗り出した。

「武士が責任をとるといえば……」

最後まで用人は言わなかった。

「責任……切腹か」

すぐに主馬が気づいた。

「そうか。切腹があった。切腹すれば、それ以上の責は免れる」

主馬が手を打った。

武家には、切腹した者の罪を、それ以上問わないという慣例があった。もちろん、これにも決まりはあった。

まず、罪を受けてからの切腹は、意味がなかった。正式な罪を言い渡す使者が出る前に切腹したときだけ、罪はそこで終わった。

「今日のことでございまする。これから目付衆の話し合いがありましょう。慶事は朝の内、凶事は昼からとも言いまする。早ければ、明日の昼にでも言い渡しがございましょう」

「今日中か」

用人の言葉に、主馬が息をのんだ。

「では、わたくしはこれで」

今度こそ用人は席を立った。

「助かり申した。後日お礼にうかがいますると、備中守さまへお伝えを」

「確かに承《うけたまわ》りました」

「貴殿にも、あらためて」

礼を何度も言って、主馬が用人を送り出した。

「出かけるぞ。内膳《ないぜん》」

主馬が、自家の用人へ命じた。

「どちらへ」

「深室家へ参る」

「…………」

内膳が驚愕《きょうがく》した。

仲の悪い兄弟である主馬と賢治郎は、つきあいがまったくなかった。とくに賢治郎を松平家から、格下の深室家へ追い出してからは、兄弟の交流は途絶えていた。

その兄が不意に弟を訪ねると言い出したのだ。内膳が戸惑うのも当然であった。

「なにをしている。用意をいたさぬか」

「は、はい」

どれほど珍しいことでも、主君の言葉は絶対である。急いで、内膳は行列を手配した。

寄合旗本ともなると、一人での外出はできなかった。騎乗か駕籠《かご》に乗るかは、当人の状況しだいであるが、少なくとも槍《やり》持ち、従者、草履《ぞうり》取り、中間など十人以上は供が要《い》った。

「さっさとせぬか。当家の危機ぞ」

供をそろえるにも、手間がかかる。主君の外出が予定されていれば、準備などは調《ととの》っているが、急なこととなれば、どうしても遅れる。

主馬が怒鳴りつけた。

「門前での騒ぎとは、どうしたのでございますか」

奥から主馬の母が顔を出した。主馬の母は、先代の当主多門《たもん》の正室であった。多門の死を受けて落髪して景瑞院《けいずいいん》と名乗り、屋敷のなかに与えられた隠居所で、日々を過ごしていた。

「母上。騒がせて、申しわけない」

主馬が詫びた。

「不意のお出かけだそうじゃの。用意にときがかかるのは、当たり前でございましょう。このような刻限から出かけられるのではなく、明日にされてはいかがか」

景瑞院が勧めた。

「どうしても今夜中に行かねばならぬのです」

母の言葉に、松平家の当主が、主馬が頭を振った。

「そうは参りませぬ。松平の名前に傷がつくかどうかという瀬戸際でございますれば。急げ」

主馬が景瑞院から、内膳へ顔を向けて急《せ》かした。

「なにがあったのです」

景瑞院は問うた。

「……賢治郎が上様よりお叱りを受けましてございまする」

「賢治郎どのが、上様より」

大きく景瑞院は驚いた。己の子ではないが、幼くして生母を亡くした賢治郎を育てたのは景瑞院であった。

「さようでございまする。上様のご不興を買った以上、なにかしらの咎めは避けられ
ますまい。ことと次第によっては、当家に累が及びまする」

「…………」

景瑞院が無言で主馬を見た。

「で、ご当主さまは、賢治郎どののご赦免を願いに出向かれる」

一門になにかあったとき、要路に働きかけ、罪をなかったことにするか、軽くすむ
ようにするのは本家の責務であった。

「いいえ」

はっきりと主馬が首を振った。

「上様から直接お叱りをいただいたとなれば、お許しを求めるわけには参りませぬ。

上様のお言葉に逆らうことになりまする。となれば、本家筋としては、ほかの一門へ
連座がいかぬようにするべきでございましょう」

「なにをなさるおつもりか」

声を厳しくして、景瑞院が訊いた。

「賢治郎に腹切らせまする」

「…………」

景瑞院が、一瞬、言葉を失った。

「まだ、罪を言い渡されてもおらぬのに。お叱りおくか謹慎だけですむやも知れますまい」

「たしかに。しかし、その逆に、もっと重いことになるやも」

用意できた駕籠へ、主馬は乗りこんだ。

「上様と賢治郎どのの仲に口を挟むまねはなさらぬほうが、よろしかろう。お二人は、いわば竹馬の友。多少の行き違いならば、なにもなかったこととなりましょうほどに」

「なにかあってからでは、遅うございまする。では、出せ」

母との会話を終わらせた主馬が、出立させた。

「……そこまで憎いとは。母は違えど、ただ二人きりの兄弟だというに」

小さく景瑞院がため息を吐《つ》いた。

三

江戸の城下は馬で駆けることを禁じられている。駕籠になると、どう急いでも、人の歩く早さと変わらない。

主馬が深室家へ着いたのは、すでに暮れ六つ（午後六時ごろ）近かった。

「松平主馬の家中の者にございまする。主がまもなく参りまする。ご開門を」

供先を勤める家臣が、深室家の大門を叩いた。

「ただいま」

主の作右衛門より格上の来客と知った門番が大門を開けた。

「松平主馬さま、お出ででございまする」

門番が屋敷へ向かって、大声で叫んだ。

「えっ」

奥の間で一人いた賢治郎は、聞こえてきた内容に耳を疑った。主馬は、賢治郎がいないときに来ることはあっても、在しているときに来たことはない。

「急ぎ、客間の用意を」

当主作右衛門がいないときの来客は、婿養子の賢治郎の役目であった。急いで袴《はかま》を身につけて、賢治郎は玄関で出迎えた。

「作右衛門どのは」

主馬が賢治郎を睨みつけながら問うた。

「あいにくお役目でお城でございまする」

「そうか」

「どうぞ、お上がりを」

仇敵のような兄弟とはいえ、客となれば、それ相応の対応をしなければならなかった。賢治郎は、主馬を客間へと案内した。

「おい」

主馬が供を連れて屋敷へ入った。

「本日は、どのようなご用件でございましょう」

席に着くなり、賢治郎は尋ねた。さすがに主馬の供たちは、客間へ入ることはできず、廊下で控えていた。

「言わずともわかっておるはずじゃ。賢治郎、腹を切れ。兄として、介錯《かいしゃく》はしてやる」

「なにを……」

賢治郎は驚愕した。

「上様よりお叱りを受けたならば、腹切るのが旗本じゃ」

主馬が告げた。

「上様からお叱りをちょうだいしたのは確かでございまするが、腹切るつもりはございませぬ」

強く賢治郎は拒否した。

「命を惜しむか」

「いいえ。上様のためならば、この命など惜しいとは思いませぬ。なれど、今回は死をもって償うものではございませぬ」

「きさまが、腹切ればすべて丸く納まるのだぞ。きさまが、命未練なことをして、本家である吾《われ》に累が及んだらどうするのだ」

「それがどうかいたしましたか」

己の保身を言い出した兄へ、賢治郎は冷たく言い返した。

「なにっ。己の失策を悪いと思っておらぬのか」

「悪いと思えばこそ、上様のご裁可を待っておりまする。上様がどのような罰をお下しになるかはわかりませぬが、それを受けるのが臣。本家というなら松平家がそれで滅びても、いたしかたございますまい。上様の思《おぼ》し召しでございまする」

賢治郎は、日頃の鬱憤《うっぷん》を晴らすかのように、突き放した。

「なんだと、こやつ……」

さっと主馬の顔色が怒りにそまった。

「名門松平家を潰すと言うのだな」

主馬が立ちあがった。

「やれ、こやつを斬れ」

供の家臣たちへ、主馬が叫んだ。

「殿……」

「それは……」

家臣たちが戸惑った。今は養子に出ているとはいえ、賢治郎も先代当主多門の息子なのだ。主筋へ刃《やいば》を向けることになる。

「なにをためらうか。松平の当主は余である。こやつではない」

厳しい声で、主馬が家臣たちを叱った。

「若、ごめんを」

「命なれば」

廊下にいた家臣二人が、太刀《たち》を抜いて斬りかかってきた。

「…………」

無言で賢治郎は脇差《わきざし》を抜いた。

来客を迎えるのに、太刀は置いてきている。だが、室内では脇差が、有利である。なにより、賢治郎は風心流《ふうしんりゅう》の小太刀を修練している。脇差を持っての戦いは、得意であった。

「はっ」

歳嵩《としかさ》の家臣が、太刀を真っ向から振り落としてきた。

「おう」

脇差の峰で受け止めて、賢治郎ははじき返した。

「うおっ」

両手で万歳をするようになった歳嵩の家臣の左腕を、賢治郎は脇差で擦《こす》った。

「あつっ」

苦鳴をあげて、歳嵩の家臣が刀を落とした。

「ごめんを」

その隙《すき》に、もう一人の家臣が太刀を水平に薙《な》いできた。

「……………」

小さな動きしかしていない賢治郎は、すばやく脇差を手元へ戻し、しっかりと一撃を受け止めた。

「おううう」

止められた太刀へ力をこめて、若い家臣が押し斬ろうとした。

「ふん」

力を一瞬いれて、太刀を押し返した賢治郎は、脇差の刀身を斜めに傾けた。

「あっ」

力の拮抗《きっこう》を一瞬失い、弾《はじ》かれた太刀をあわててもう一度出した若い家臣の刃が、斜めになった脇差にそって、流れた。

「悪いの」

詫びながら、賢治郎は体勢を崩した若い家臣の左臑《すね》を思いきり蹴り飛ばした。

「ぎゃあああ」

臑の骨が折れた若い家臣が絶叫して、転がった。

生まれてこのかた剣術の稽古はしたことがあっても、真剣での勝負の経験がない者と、実戦で人を斬ったことがあるものの、差は大きかった。

「賢治郎。きさま、なにをする」

主馬が怒鳴りつけた。腕利《き》きの家臣を選んで連れてきたのだろうが、一蹴されてしまった。主馬の顔色はなかった。

「斬りかかってきたゆえに、応じたまで」

「本家の者を傷つけるなど」

「好《い》い加減にしていただきまする」

まだわめいている主馬と賢治郎の間に、三弥が割りこんだ。

「なんだ、きさまは」

「当家の娘、三弥にございまする」

三弥が名乗った。

「子供はひっこんでおれ」

主馬が手を振った。

「ここは、わたくしの家。あなたさまに指図される謂《い》われはございませぬ」

「な、なんだと」

「他人の家で狼藉《ろうぜき》を働くなど、言語道断でございましょう」

転がっている二人の家臣も、三弥を見上げて呆然《ぼうぜん》としていた。

「本家として、痴《し》れ者を誅しようとしただけじゃ」

まだ主馬が言いつのった。

「先ほどから本家と仰せられておりますが、深室の本家は当家でございまする。松平ではございませぬ」

三弥が言い返した。

「な、なにを。縁続きでもっとも格上が本家であるのは当然であろう」

「ならば、ますますあなたさまが本家ではございませぬな。我が深室家は松平の縁戚だというならば、その本家は将軍家となりまする。松平のなかでももっとも格式が高いのは将軍家でございましょう」

「うっ……」

論破された主馬が詰まった。

「ゆえに本家の指示を、将軍さまのご命を深室家はお待ちしておりまする」

「詭弁《きべん》を申すな」

「お帰りを」

冷たい声で、三弥が述べた。

「なんだと」

主馬が気色《けしき》ばんだ。

「客としてお迎えするのは、これまででございまする。招き入れたゆえ、刀を抜いての無礼を見逃しましょうと申しあげておりまする。たった今から、客ではございませぬ。まだ居座るとなれば、狼藉者としてお目付さまへお届けいたしまするぞ」

三弥が告げた。

「おのれ」

「…………」

睨みつける主馬に、堂々と三弥が胸を張った。賢治郎は、万一に備えて、脇差を握りなおした。柄《つか》のなかで刀身が鳴った。

「……覚えておれ」

主馬が賢治郎を見て、引いた。

「二度と当家の門はお潜《くぐ》りになられませぬよう。あと、客人ではなくなりましたので、お見送りはいたしませぬ」

捨て台詞《ぜりふ》に、しっかりと三弥が返した。

「生意気な」

もう一度三弥を睨んで、主馬が足音をたてて、客間から去っていった。

「申しわけございませぬ」

歳嵩の家臣が、頭を下げた。

「主命ゆえ、しかたはないが、次はない」

「わかっておりまする。では、これにて」

足を折られた家臣へ肩を貸しながら、歳嵩の家臣が去っていった。

「ああ」

家臣の姿が消えるなり、三弥が崩れかけた。

「三弥どの」

脇差を捨てて、賢治郎は三弥を支えた。

「…………」

三弥の身体《からだ》が細かく震えていることに、賢治郎は気づいた。

「すまぬ」

賢治郎は頭を下げた。いかに気が強い家付き娘とはいえ、三弥はまだ十三歳なのだ。

賢治郎は、おもわず三弥を抱きしめた。

しばらくして、ようやく三弥の震えがおさまった。

「……強すぎまする」

賢治郎の胸のなかで、三弥が非難の声をあげた。

「これは……」

あわてて賢治郎は、三弥を離した。

「力の加減を覚えていただきますよう」

三弥が注文を付けた。

「気をつけまする」

賢治郎は気丈に装う三弥が、急に大人びて見えた。

「かたじけない」

あらためて、賢治郎は頭を下げた。

「父のおらぬ間は、深室の家を預かるのは、わたくしでございまする。無礼な客を追うのは当然」

三弥が抱きしめられたことで、乱れた襟元を調えた。

「あのまま無事にはすませてくれますまい」

兄主馬のしつこさは、身に染みている。賢治郎も同意した。

「おそらく」

「つぎは父でしょう」

「………」

賢治郎は黙るしかなかった。

寄合という名門旗本と縁を持ち、その引きを利用して出世していくことを考えている作右衛門にとって、松平とのかかわりはなにより大事なものであった。その松平家の当主主馬を怒らせたのだ、娘の三弥といえども、無事ですむかどうかわからない。

「ここで考えてもいたしかたのないことでございまする」

「たしかに」

三弥の言うとおりであった。

一日経《た》っても目付は来なかった。

「登城なさらずともよろしいので」

刻限になったと三弥が言いに来た。

「目通り許さぬと仰せられたゆえ、勝手登城はできぬ」

まんじりともせず夜を明かした賢治郎は首を振った。

幕府の決まりで、職務あるいは登城日、呼び出しなど理由なくしての、登城は禁止されていた。

「わかりましてございまする」

三弥が引いた。

「では、どうされまするか」

「外出をしたいが……義父上のお帰りを待ってでないと……」

問われて賢治郎は言った。

「謹慎しておらずともよろしいのでございますか」

将軍に怒られたのだ。屋敷で身を慎んでいなければならなかった。

「調べなければならぬことがござる」

三弥の疑問へ、賢治郎は告げた。

「どちらへお行きになられるおつもりでございまする」

「紀州家上屋敷へ」

「……紀伊《きぃ》さま」

さすがの三弥が驚いた。六百石の旗本と御三家では格が違った。

「大納言さまにお目通りを願って、お話をうかがう。それが、拙者のできること。あとは上様へご報告し、お考えにしたがえばいい」

「………」

決意した賢治郎の真剣な顔を三弥が見つめた。

「承知いたしました。どうぞ、お出かけなさいませ」

三弥が勧めた。

「しかし、義父上と……」

「父のことは、わたくしにおまかせいただきますよう」

気にする賢治郎へ、三弥は首を振った。

「夫の留守を守るのが妻の仕事でございまする」

三弥が宣した。

「よろしいのか」

作右衛門に捕まると、屋敷から出ることはできなくなるかも知れなかった。それでも賢治郎は決断できなかった。

「これを」

懐から紙入れを取り出して、三弥が賢治郎に持たせた。

「屋敷には当分、お戻りになりませぬよう。少しですが、お金を」

「すまぬ」

戻れば、賢治郎の動きに制限がついてしまう。

「十分なご活躍をなさいますよう」

「……約束しよう」

賢治郎は誓った。

「お早いお迎えをお待ちしておりまする」

初めて妻らしく、両手をついて三弥が賢治郎を見送った。

四

作右衛門の帰宅を待たずして、屋敷を出た賢治郎は、登城する大名や旗本の行列で混雑する大通りを避け、路地を使って紀州家上屋敷へと向かった。

他人目《ひとめ》を避けたのは、小納戸の上司や同僚に会うとややこしい話になるからだ。それを賢治郎は嫌った。

閉じられている紀州家上屋敷の大門脇に立っている門番足軽へと、賢治郎は近づいた。

「ここは紀州家の屋敷である。用なくば立ち去れ」

門番足軽が、手を振った。

江戸には、地方から参勤でやってきた勤番侍が多くいる。金はないが暇は十分にある勤番侍たちの楽しみの一つに、大名屋敷の見物というのがあった。

「見事なるお庭とお見受けした。よろしければ、拝見を願いたい」

勤番侍たちはこう言って、屋敷を訪れてくる。ほとんどが断られるが、なかには門を通してくれるところもあり、運がよければ、茶菓の接待をうけることもあった。

門番足軽にしてみれば、話しかけられると対応しなければならず、面倒なのだ。御三家紀州家の名前を出して、さっさと踵《きびす》を返させるのがいつもの扱いであった。

「幕臣深室賢治郎と申す。三浦長門守どのにお目にかかりたい」

賢治郎は、面識のある三浦長門守の名前を出した。

「これは、ご無礼を。しばしお待ちを」

門番足軽が、一礼して、潜り門からなかへ姿を消した。

「なに、深室と申したか」

徳川頼宣と同席していた三浦長門守が、確認の声をあげた。

「意外と早かったの」

頼宣が言った。

「家綱より叱られたので、もう少し引っこんでおると思ったが」

江戸城中に手を伸ばしている頼宣は、すでに昨日のことを知っていた。

「いかがいたしましょう」

三浦長門守が訊いた。

「会ってやるとも。いつなりとて顔を出せと許してやったのだぞ。このまま帰しては、余が偽りを告げたことになる」

「お庭でお会いになりまするか」

「いいや。正式な客として扱ってやれ。お忍びでは、あとでいくらでも言いわけできよう。家綱の手の者が、余に目通りをした。館林がどう動くかを見るのもおもしろかろう。根来に聞いたが、館林は黒鍬を味方にしたそうじゃ。今日、あやつがここへ来たこともすでに気づいておろう」

頼宣が笑った。

「戦国最強の武田家を支えた黒鍬が、どのていど使えるか。見るのによい機会じゃ。余が将軍となったときに、黒鍬も家臣となるのだからな」

「御意。では、根来にも命じておきまする」

一礼して三浦長門守が、御座の間を出た。

小半刻（約三十分）ほど待たされた賢治郎は、おもむろに開き始めた大門に驚愕した。

大名屋敷の大門は、藩主の外出、帰宅、一門衆や格上の大名の来訪などでないと全開にはされない。ましてや紀州家なのだ。紀州家の大門を開けさせるのは、頼宣とその直系の子供、同格である御三家の尾張、水戸と家康の次男、結城秀康《ゆうきひでやす》の血を引く越前松平、そして将軍家だけである。その大門が、完全に開かれた。

「頼宣さまのお出かけか。となれば、長門守どのもお供されよう。間の悪いことだ」

賢治郎は、そう考えて面会をあきらめた。

「ようこそお見えでござる」

開いた門から三浦長門守が出てきた。

「これは……」

頼宣の行列がないことに賢治郎は気づいた。

「主がお目にかかりまする。どうぞ」

三浦長門守が、賢治郎を誘った。

「えっ」

賢治郎はためらった。

「主がお待ちしておりまする」

頼宣を待たせる気かと、暗に三浦長門守が告げた。

「……………」

そう言われてはどうしようもなかった。賢治郎は、三浦長門守に続いて、紀州家の玄関へ向かった。

屋敷へ帰ってきた深室作右衛門は、門を入るなり、怒鳴りつけた。

「賢治郎はおるか」

「父上さま。お平らに。近隣へ聞こえまする」

玄関で待っていた三弥がたしなめた。

「三弥、そなた、松平さまになにをいたした。今朝、城中で呼び止められ、お叱りをいただいた」

作右衛門は、愛娘《まなむすめ》に詰め寄った。

「松平さま……」

三弥は首をかしげた。

「なにを申しておる。昨日お見えになったであろう」

「いいえ。いきなり、斬りかかってくるという狼藉者ならば、ございましたが、お客さまはお見えではございませなんだ」

「………」

娘の答えに対し、作右衛門が黙った。

「他人の屋敷に来て、次期当主を殺害しようとする。それが、松平さまだと」

「松平さまは、深室家を救いに来てくださったのだ」

「救いに……あいにく、夫にあっさりと退治されておりましたが……」

嘲笑《ちょうしょう》を三弥が浮かべた。

「夫などと言うな。あやつとの養子縁組は、さきほど解消してきた」

「さようでございまするか」

あっさりと三弥は聞き流した。

「わかっておるのか。賢治郎は、もう深室の家のものではない。そなたの許嫁《いいなずけ》でもなくなったのだ」

「さようでございますか」

同じ返答を三弥は繰り返した。

「……賢治郎はどこだ。まさか、逃げ出したのではないだろうな」

「当家の者でないならば、父上がお気になさることではございますまい」

「……うっ」

作右衛門が詰まった。

「かと申して、知りながら、隠すわけにはいきますまい。賢治郎どのは、紀州大納言さまのところへ向かわれました」

「なんだと……」

聞かされて作右衛門が絶句した。

「なんでも、上様とお話をなさるに、どうしてもお会いせねばならぬとか」

「馬鹿な。もう上様がお目通りを許されることはないと聞いたぞ」

「そのあたりは、わたくしではわかりかねまする」

三弥は首を振った。

「……どうでもよいわ。もう賢治郎との縁は切った」

作右衛門が大声を出した。

「皆の者、賢治郎を二度と屋敷へ入れてはならぬ」

「……はっ」

当主に言われれば、深室の家臣たちはうなずくしかない。

「そなたには、すぐによい婿を迎えてやる。すでに話を進めておる。千石取りで、書院番を勤めておられる岩橋《いわはし》家の三男じゃ。歳は今年で十六だとか。三弥と歳回りもよかろう」

「困りました」

父の話に三弥が首をかしげた。

「どうした」

「子供はどういたしましょう」

さりげなく三弥が、帯の下へ手をやった。

「な、なにを申した」

その様子に、作右衛門が驚愕した。

「昨夜、目の前で人が斬られるのを見まして、恐ろしく、賢治郎どのへ縋ってしまいました。そのおりに抱かれました」

三弥は、嘘を吐いてはいなかった。抱きしめられたのは確かであった。

「なんだと……」

作右衛門が言葉を失った。

「あのようなことがなければ……」

小さく三弥がうつむいた。

「なんということだ。腹に罪人の子がいるなど、……」

顔色を変えた作右衛門が、三弥を睨みつけた。

「子ができたかどうか、わかるまでそなたを屋敷から出さぬ。ええい。結果が出るまで、縁談は止めねばならぬではないか」

作右衛門が怒った。

「では、わたくしは、部屋にて慎みまする」

三弥が立ちあがって、自室へと退いた。

「わたくしの作れるときは、そう長くはありませぬ。賢治郎どの」

胸が膨らみ始めていた。己の身体が女へと変化していることを三弥は感じていた。月のものが始まるのだ。そうなれば、妊娠は嘘だとわかる。

一人になった三弥が呟《つぶや》いた。


紀州家の客間で賢治郎は、頼宣と対面していた。

「いつなりと来てよいと申しておったはずだが」

三浦長門守を呼び出したことへ頼宣が文句を付けた。

「畏《おそ》れ入りまする。大納言さまとわたくしでは身分が違い……」

「ともに徳川を支える者ではないか」

頼宣が賢治郎の言いわけを遮った。

「まあよい。せっかく訪れてくれたのだ。興を削《そ》いでは、意味がない。で、今日はなんじゃ。なにか、おもしろい話でもしに来てくれたか」

「ご存じでございましょうや。麹町四丁目で浪人者が十数名殺されておりましたことを」

賢治郎は直截《ちょくせつ》に問うた。

「知っておるとも。あれは、余じゃ」

「えっ……」

あっさりと認めるとは思っていなかった賢治郎が驚いた。

「もちろん、余がやったわけではないぞ。供の者じゃ」

笑いながら頼宣が言った。

「もっとも、余一人でもあのていどの連中ならば、槍の錆《さび》にしてくれたがの」

頼宣が、両手で槍を突き出すまねをしてみせた。

大坂冬の陣で初陣《ういじん》を飾り、夏の陣では後詰めとして戦った頼宣は、最後の戦国武将と言われていた。今の大名のように、武芸など形だけで、やったことのない連中とは違っていた。

「大将が戦うようになれば、もう終わりである。したがって、大将に武芸は要らぬという馬鹿どもがいる。しかし、それは違う。たった一撃でいい。大将なら耐えられるとわかっていれば、家臣どもも思いきって動ける。大将ばかり気にしていれば、戦機を逃すことにもなりかねぬ。今回でもそうじゃ。行列を襲われたが、余は大丈夫と信じていればこそ、供の者は、駕籠脇を離れることができる。こちらから攻められるからな。守りと違って、無理をせずともすむ。さすれば、無駄に怪我をすることもない」

「…………」

滔々《とうとう》と語る頼宣の言葉を賢治郎は無言で聞いた。

「ということだな」

頼宣が一人で話をまとめた。

「では、麴町四丁目の浪人者たちの死体は、行列が襲われたので、対応した結果であると」

「うむ」

「お届けにはなりませんので」

「ふん」

鼻先で頼宣が笑った。

「届け出てよいのか」

「異変があれば、大目付さまに届け出るのが決まりでは……」

賢治郎が述べた。

「決まり……それは、人の命よりたいせつなのか」

頼宣が問うた。

「どういう意味でございましょう」

問いかけの意味がわからないと賢治郎は首をかしげた。

「麴町四丁目は、どういうところだ」

「どういうところと仰せられても……江戸城の至近としか申せませぬ」

「半蔵御門の前だの。いや、赤坂御門の内と言うべきか。廓内ではないが、外でもない。江戸城のなかといってもおかしくはない」

「たしかに」

賢治郎は同意した。

「江戸城内で浪人者が徒党を組んで、御三家の行列に無体をしかけた。さて、これを表沙汰《おもてざた》にすると、誰の責任になる」

「…………」

言われて賢治郎は息を吞んだ。

「浪人は町奉行の管轄、そして廓内は目付の管轄、それだけではない。半蔵御門を警衛している大番組の責にもなろうな」

淡々と頼宣が告げた。

「もちろん、余も取り調べを受けようが……思い当たる節もなく、死んだ浪人者が意趣、遺恨の書を持っていたとも聞かぬ。余に与えられる罪はない。しかし、町奉行たちはそうはいくまい。さすがに腹切らされることはなかろうが……罷免、謹慎は避けられまい。日頃他人の粗《あら》をあげつらう目付は恨まれておる。下手《へた》すれば改易《かいえき》」

ことを大きくすれば、なにもなかったではすまなくなった。誰かが責任を負わなければならないのだ。

「目付の面目が潰れる。あやつらは厳格峻厳でならしている。その目付に罪が及ぶ。それに我慢できまい」

「……………」

無言で賢治郎は同意を表した。

目付は一千石内外で、旗本のなかで俊英が選ばれる。江戸城中での礼儀礼法の監督、旗本の監察を主な任としていた。その権限は強く、御三家に対しても登城停止を命じることができた。

だけに矜持《きょうじ》は高く、己を律することにおいても厳しい。目付を拝命したら、親子兄弟親戚のつきあいを断ち、情実に流されないとの証を立てるほどであった。

その目付が、職務のことで、責任を負わされる。犠牲になるのは、当日の当番目付だけですむとはいえ、高い誇りは傷つく。

「目付といえども失敗する」

この噂が城中へ広がれば、今までのような峻厳な態度も取れなくなる。最悪、言うことを聞かない役人が出てきかねない。

「そうなったら、目付は大人しくしておるか。おそらく、目付のせいではないと、責任を押しつける相手を作り出すだろうな」

頼宣が言った。

「ちょうどいいのは、目の前にいながら、なにも知らなかった半蔵御門を警衛している大番組か。当番であった連中は軒並み切腹だろうな。他にも浪人者が徒党を組んでいることに気づかなかった町奉行所の与力、同心も許されまい。死ぬのは十人ではきかぬぞ。藩士の怪我人でも出たならば、遠慮せぬが、無傷だったのだ。あえて人死にを生み出さずともよかろう」

「仰せのとおりでございまする」

賢治郎は納得した。

「さて、ではこちらから訊こうか」

すっと頼宣の表情が硬いものへと変わった。

「余の行列を襲った者は、誰の差し金だと思う」

「…………」

返答を賢治郎はできなかった。

「まさか、由井正雪の残党などとは言うまいな」

「……それは違いましょう。頼宣さまを狙う理由はございませぬ。決起に参加されなかったという恨みなど、由井正雪と頼宣さまの間に、相当な約定があったならば別でございますが」

「……うむ」

「それに、由井正雪の残党などもうおりますまい。今頃出てきても、まったく意味がない」

賢治郎は一言で切って捨てた。

「今生きているということは、由井正雪の策に乗らずに逃げたか、動けなかったか。そのような輩《やから》に、大納言さまを襲う度胸などございませぬ」

「そうじゃ」

満足そうに頼宣がうなずいた。

「では、誰が……浪人者を集めて、大納言さまを襲わせた。考えられるのは二つでございましょう」

昨日までの賢治郎なら、思いついても口にできなかった。紀州頼宣の不興を買うのが怖かった。ただ、流されていれば、小納戸として仕え続けられる。家綱に見限られかけ、屋敷には戻れない。変化を飲みこむしかなくなった賢治郎の肚は据った。

「ほう。一つ目はなんだ」

「大納言さまを脅威と思われておられるお方でございましょう」

「余を脅威と考えている。将軍さまか」

「いいえ。上様は大納言さまを脅威とはお考えではありませぬ。上様は、征夷大将《せいいたいしょう》軍《ぐん》であらせられまする。すべての武家の上に立たれるお方。大納言さまが武家であるかぎり、上様の下にあらせられねばなりませぬ」

「下克上をするかも知れぬぞ」

「おできになりますか。神君家康公が命をかけて平定した天下をもう一度乱すことが」

賢治郎は問いかけた。

「ふっ」

頼宣が破顔した。

「嫌な男に似てきたな、おぬし。伊豆守を思い出したぞ」

「畏れ入りまする」

軽く賢治郎は頭を下げた。

「世を乱すなどせぬ。するつもりならばとうに、余は動いておる」

笑いを消して、頼宣が言った。

「上様でなければ、伊豆守と申したいところだが、すでに死んでおるしの。豊後守あたりか」

「いいえ。執政衆は堂々としていなければなりませぬ。それが天下を担う者の義務」

執政は将軍の代理である。代理が卑怯な手を使えば、将軍の正当性が疑われる。

「なるほど。それで慶安以来、余は一度たりとも狙われなかったのか。伊豆守らしい」

頼宣が納得した。

「となれば、残るは……」

「…………」

じっと二人は見つめ合った。

「口にできぬの」

しばらくして頼宣が、目を離した。

「では、もう一つとは誰じゃ」

二つ目を頼宣が訊いた。

「……光貞さま」

一瞬ためらったが、賢治郎は答えた。

「ふっははははは」

頼宣が、哄笑《こうしょう》した。

第三章　表裏の争い

一

家綱の機嫌は悪かった。

「…………」

言葉少なに御座の間で座している家綱に、小姓《こしょう》と小納戸《こなんど》たちは、嘆息した。

「深室であろうな」

「おそらく」

小姓組頭と小納戸組頭が、顔を見合わした。

賢治郎が叱られた昨日の当番は、すでに交代していない。今、御座の間に詰めているのは、本日の当番であるが、前日の受け持ちから、話は聞いている。何があったかは、十分理解していた。

「さすがにお許しが出ぬと、登城できぬが……」

小姓組頭が、御座の間隅で控えている小納戸たちを見た。

賢治郎の任である小納戸月代御髪《さかやきおぐし》は、将軍の髪を調《ととの》えるのが役目であった。当然、毎朝顔を合わすことになる。賢治郎が登城しているかどうかなど、すぐに知れた。

「無理登城をさせまするか」

小納戸組頭が、提案した。

許しを得ず、強引に江戸城へあがることを無理登城という。もちろん、罪である。ただし、ことと次第によっては、かえってよい結果を生んだ。

豊臣秀吉を怒らせた加藤清正《かとうきよまさ》の例である。秀吉から謹慎を言い渡されていた清正は、伏見の大地震のとき、止める周囲を振り切って、伏見城へ駆けつけ、秀吉の警固にあたった。本来ならば、切腹ものであったが、清正の行動を秀吉は気に入り、すぐに謹慎を許した。

幕府のことではないが、十分前例として使えた。

「少し待て。無理登城は最後の手立てでいい」

小姓組頭が止めた。

「上様に目通りを願おう」

阿部豊後守が、背後に右筆《ゆうひつ》を従えて、御座の間へ来た。

「ご裁可を願わねばならぬ」

幕府が出す法や触れは、将軍の判断を最終としていた。

老中たちは御用部屋で取り決めたことを、将軍へ報告し、判断を求めるのが決まりであった。

「ただちに」

すばやく小姓組頭が、御座の間上段の家綱に阿部豊後守の来訪を報《しら》せた。

「上様には、ご機嫌うるわしく……」

「挨拶はいい。用件についてもすべて任せる」

家綱が、不機嫌な声で言った。

「よろしゅうございますので」

阿部豊後守が確認した。

「よい。しつこいぞ」

大きく手を振って、家綱が下がれと告げた。

「承知いたしましてございまする。旗本深室賢治郎の士籍を削りまする」

「なんと申した」

家綱が驚愕《きょうがく》した。

士籍とは、幕府や大名に仕えている武士たちの台帳のようなものである。この台帳に記載されているのが、士分としての条件であり、抹消されることは武士の身分を失い、浪人となることであった。

「どういうことじゃ」

「ご説明申しあげよ」

問われた阿部豊後守が、連れてきていた右筆を促した。

「深室家より養子縁組解消の届け、寄合《よりあい》松平家より義絶の届けが出ておりまする。深室家の養子でなくなった賢治郎は、実家にも縁を切られましてございまする。両旗本とのかかわりをなくしました今、賢治郎は無姓。姓なきものは、士分にあらず。よって、士籍を削りまする」

平伏したままで、右筆が答えた。

右筆とは、幕府の記録を担う者のことである。幕府の出した触れの清書だけでなく、役人の任命、罷免の記録を取り、旗本や大名の婚礼、家督なども扱った。

「ともに今朝《けさ》提出されましてございまする」

右筆が付け加えた。

「本来でございますれば、一旗本のこと。上様のお耳に入れるまでもございませぬが、深室賢治郎は、お側《そば》でお召しになっておられた者。一応お話しだけさせていただきました。では、これにて」

「待て」

立ち去ろうとした阿部豊後守を、家綱が止めた。

「認めぬ」

「なんと仰せられた」

「深室賢治郎の士籍剝奪《はくだつ》は許さぬと申した」

「これは心外な」

家綱の言葉に、阿部豊後守が目を剝《む》いた。

「さきほど、任せると仰せになられたところでございまするぞ。それをもう変えられる」

「…………」

家綱が黙った。

将軍は幕府の頂に立つ。将軍の意志が幕府の決まりとなるのだ。それだけに言を翻すことは、許されなかった。朝令暮改、これが政《まつりごと》の不信のもとである。家綱もそれは知っていた。

「もう一度、すべての事案について説明をいたせ」

苦い顔で家綱が命じた。

「すべてでございまするか。わかりましてございまする」

阿部豊後守が浮かした腰を下ろし、もう一度説明した。

「うむ。第四案まではよいであろう」

家綱がうなずいた。

「はい。で、深室の件はいかがいたしましょうや」

「許さぬ」

確認する阿部豊後守へ、家綱が拒否を命じた。

「それはいけませぬ。これは、深室家、松平家の問題。形式上の届け出だけで、許されること。これを拒みますれば、今後、すべての旗本の相続、婚姻、養子、隠居なども上様のご裁可を要することとなりまする。前例をお作りになられまするか」

「……前例か」

家綱が唸《うな》った。

前例は踏襲されていくものである。家綱がこれをしてしまうと、この先すべての将軍もしなければならなくなる。

「…………」

苦渋の表情を家綱が浮かべた。

前例を作る。それも天下国家のためというならまだしも、たった一人の家臣のためとなると論外であった。

家綱が寵臣《ちょうしん》と政の間で揺らいだ。

「すまぬ、賢治郎。躬《み》の不用意な一言が、そなたを追い詰めた」

血を吐くような声で、家綱が詫《わ》びた。

「…………」

無言で阿部豊後守が見守った。

「慣例どおりに処理をいたせ」

家綱が命じた。

「けっこうでございまする」

満足そうに阿部豊後守がうなずいた。

「右筆。このての書付は、処理にどれくらい日数が要《い》るものじゃ」

「はっ。なにぶん、御用が優先されまするので、早くて十日、遅ければ一カ月かかることもございまする」

阿部豊後守に呼ばれ、右筆が答えた。

「そうか。一カ月か」

「豊後……」

意図に気づいた家綱が、阿部豊後守を見た。

「ただちに賢治郎を呼び出せ」

家綱が命じた。

「無駄でございましょう」

阿部豊後守が否定した。

「賢治郎は、なにか手土産を持つまで帰って参りますまい。でなくば、上様の前へ出られぬ。寵臣とは、そういう者でございまする。松平伊豆守が、上様のご成長という土産話をもって、やっと家光さまのもとへ行けたように」

「手土産だと」

「少なくとも、今回の浪人騒動、その裏側を見つけるまでは、ご放念を」

「一カ月でできるのか」

懸念を家綱が表した。

「できねば、上様のお側におるだけの力がなかっただけのこと」

きっぱりと阿部豊後守が断じた。

「………………」

家綱が口を閉じた。

「では、これにて」

阿部豊後守が立ちあがり、御座の間を出た。

「右筆」

「はっ」

御用部屋へ向かって歩きながら阿部豊後守が冷たい声を出した。

「わかっておろうが、賄《まいない》など受け取って、深室の書付、一月より早く通すなよ。もし、そのようなまねをしたならば、誰の仕業《しわざ》か問わぬ。右筆全員、罷免ぞ」

「しょ、承知しておりまする」

震えながら右筆が首肯《しゅこう》した。幕府の書類も扱う右筆は多忙である。当然、旗本や大名の私用の書付は後回しになる。それを避けたい旗本や大名は、金を右筆へ渡し、早めの処理を頼んだ。

「ならば、行け。さっさと周知して来い」

「ご免を……」

あわてて右筆が阿部豊後守から離れた。

「面倒なことよ」

大きく阿部豊後守が嘆息した。

「伊豆が、上様のご成長ぶりを土産に逝《い》きおった。儂《わし》は、なにを持っていけば、家光さまはお許しくださるのか。このままでは、まだまだ逝けぬではないか」

阿部豊後守が独りごちた。

二

大笑した頼宣が、表情を引き締めた。

「余の命、光貞が狙ったというか」

「とは申しておりませぬ。ただ、それも考えられると」

賢治郎は答えた。

「親を子が狙う」

「戦国では当然のことでございました。武田家、斎藤《さいとう》家などいくらでも話はございまする」

武田信玄《しんげん》とその父信虎《のぶとら》の争いは、信玄が勝ち、信虎は駿河へ追放となった。斎藤道《どう》三《さん》とその子義龍《よしたつ》の戦いも、息子が勝ち、道三は討ち死にした。

「泰平の世ぞ」

「人の営みは変わりませぬ」

小さく賢治郎は首を振った。

「たしかにの」

頼宣が同意した。

「殿」

ずっと黙っていた三浦長門守が、口をはさんだ。

「なんじゃ」

問う頼宣の側へ寄った三浦長門守が、耳元でなにか報告した。

「……ほう」

話を聞いた頼宣の目が細められた。

「なにか。御用とあれば、失礼いたしまするが」

急用とあれば、約束なく来た賢治郎が遠慮しなければならなかった。

「おぬしのことじゃ」

「わたくしの……」

賢治郎が驚いた。

「深室、松平の両家から絶縁届けがでたそうじゃ」

「……さようでございまするか」

「深室よ」

頼宣が、じっと賢治郎を見た。

「余のことは、終わった。で、そなたはどうするのだ。実家にも戻れないようじゃの」

「…………」

賢治郎は答えようがなかった。江戸城内でのことならば、いくらでも知れる。しかし、深室の家や松平家とのことなど、紀州家にはかかわりのない話であった。

「勝手ながら、殿とかかわりをもたれた御仁については、調べさせていただいておるのでな。かつての二の舞をするわけにはいかぬでの」

三浦長門守が詫びの代わりに説明した。

「なるほど」

由井正雪の乱に巻きこまれ、十年もの間、国元へ帰れなかった頼宣である。警戒するのは当然であった。

「で、どうするのじゃ。役目はない。家もない、実家もない。行くあてなどあるまい。よければ、我が屋敷に寄寓せい」

頼宣が勧めた。

「お心遣いありがとうございまする。しかし、紀州さまにお世話になるわけにも参りませぬ。幸い、行くところはございますので」

感謝しつつ、賢治郎は断った。

「さようか。まあ、困ればいつでもこい。いざとなれば、我が藩へ仕官させてやるぞ。千石くれてやる」

「かたじけなき仰せ。なれど、主君はただ一人と決めておりますれば」

「残念じゃ。ならば、せめて昼餉《ひるげ》だけでも食していけ」

「ありがたく」

さすがに断り切れず、賢治郎は頼宣の相伴で昼餉を摂《と》った。五分つきの玄米飯に、根深の味噌汁、煮干しが三本、漬けものという質素なものであった。

「客が来て、これじゃからの」

申しわけなさそうに、頼宣が言った。

「紀州は貧乏な藩じゃ。駿河からの国替えで石高は増えなかった。転封の費用として兄が少しばかりの金をくれたがの……」

汁をすすった頼宣が続けた。

「城がひどかった。もとは浅野《あさの》家がおったのだが、外様《とざま》ということで小さい城で我慢しておったのよ。御三家の城にはいくら何でもひどすぎてな。新しく作ったも同然であった。そのときの借財がまだ残っておる。まったく兄義直の名古屋城は、天下普請として諸大名にさせたというに、余は自前じゃ」

頼宣の不満で、昼餉は終わった。

「では、馳走になり、かたじけのうございました」

礼を述べ、賢治郎は紀州家を辞した。

「長門よ」

「はい」

「光貞の馬鹿が、世間にも知れておるようじゃな」

氷のような声を頼宣が出した。

「………」

三浦長門守は無言であった。

「まったく、大人しくしておれば、まもなく藩主の座を譲ってやったものを」

頼宣があきれた。

「帯刀がそそのかしたようでございまする」

「直次の孫か。祖父ほどの肚もないくせに」

鼻先で頼宣が笑った。

「いかがいたしましょう」

「放っておけ。手出しをして参ったならば、教えてやろう。火中に手を突っこむのだ。火傷《やけど》の一つくらいは当然であろう。それを教えるのも親の務めじゃ」

頼宣が、嘲笑《ちょうしょう》を浮かべた。


賢治郎の姿が家綱の側から消えた。このことは、すでに甲府も館林も知っていた。

「どうするか」

知った新見備中守が悩んだ。

家綱の庇護《ひご》さえなければ、賢治郎を排するのは容易であった。

「しかし、上様の懐刀《ふところがたな》であればこそ、殺す価値があっただけで、今の深室に手をかけるだけの意味はない」

すでに何人もの刺客を無駄にされている。これ以上は金も続かなかった。

「しばらくは様子を見るしかないな」

新見備中守は、賢治郎への手出しをあきらめた。

館林の反応は違っていた。

「寵臣を捨てたか」

牧野成貞と黒鍬《くろくわ》者の一郎兵衛が話をしていた。

「捨てたと安易に考えてよろしいのか」

一郎兵衛が問うた。

「どういうことだ」

「動かしやすいように、わざと手元から離したとは考えられませぬか。その証《あかし》に、今朝紀州家へ入ったと」

訊《き》いた牧野成貞へ一郎兵衛が告げた。

「紀州頼宣か」

牧野成貞が腕を組んだ。

「まさか、上様は、五代将軍に紀州公をお考えなのではなかろうな」

かつて綱重と綱吉の兄弟仲を取り持とうとした家綱である。いつまでも仲違《なかたが》いを止《や》めず、命のやりとりを繰り返す弟たちに幻滅してもおかしくない。なにより、五代将軍の座を巡っての争いである。それを紀州頼宣へと決めてしまえば、二人の戦いは終わる。

「わかりませぬ。さすがに紀州家の屋敷は、根来衆の守りがあり、入りこめませぬので、なかでどのような話がおこなわれたかまでは」

一郎兵衛が首を振った。

「紀州を襲ったのは、我らであった」

「………」

その策に黒鍬者は加わっていなかった。

「深室の放逐が形だけならば、上様と紀州家は組んだ……」

「わかりませぬ」

事実は当事者以外にわからない。

「試すか」

呟《つぶや》くように牧野成貞が言った。

「どういたしましょうか」

「黒鍬から三名ほど出せ。それで賢治郎を襲え」

問う一郎兵衛へ、牧野成貞が命じた。

「それでわかりましょうや」

一郎兵衛が疑問を呈した。

「上様の密使を務めたほどの男ぞ。上様の信頼の厚さは類を見ぬ。それが、上様直々《じきじき》のお叱りを受けて、目通りを止められたなどおかしいとはおもわぬか」

賢治郎は家綱の密使として、甲府綱重、館林綱吉の二人に目通りした。

「……たしかに」

言われて一郎兵衛がうなずいた。

密使には、秘事がつきものである。家綱から弟二人への密使の内容は、いまだ家老職たる牧野成貞にも教えられていない。しかし、賢治郎は知っている。この世で将軍とその弟二人しか知らないことをである。当然、野放しにできるはずはなかった。

「もし、放逐が偽りならば、陰供がつけられておろう」

「陰供……伊賀者でございますか」

一郎兵衛の表情が変わった。幕府の忍といえば、伊賀者であった。

「おそらくはな」

牧野成貞が首肯した。

「陰供がついていたならば、上様と紀州家でなにかしらの話があった。陰供がなければ、放逐は真実と考えてよかろう」

「……陰供がついていても、やってよろしいのでございましょうな」

低い声で、一郎兵衛が確認した。

「陰供の確認をしたら、退《ひ》け。黒鍬とばれるのはよくない」

だめだと牧野成貞が一郎兵衛を止めた。

「いなければ……」

「それはかまわぬ」

「もし、陰供に後を追われるようならば……」

「そのときは、陰供ごとやれ。ただし、証を残すな。黒鍬と知れただけで、当家の仕業とわかるのだぞ」

牧野成貞が、念を押した。

「お任せを」

暗い笑いを浮かべて、一郎兵衛が頭を下げた。

黒鍬者は十二俵一人扶持《ぶち》でありながら、譜代席であった。三組に分かれ、百人ほどが一人の頭《かしら》と組頭によって統率されていた。黒鍬者頭は、役料百俵を与えられ、城中台所前廊下に席を許されていた。

一郎兵衛は、黒鍬第一組の組頭であった。

「頭」

赤坂の組屋敷へ戻った一郎兵衛は、一組の頭堀田善衛《ほったよしえ》を訪れた。

「なんじゃ」

堀田善衛が問うた。

「館林さまのご家老牧野さまより、任を命じられた」

一郎兵衛が語った。

聞いた堀田善衛がおもしろそうな顔をした。

「ほう」

「伊賀相手か、人選が難しいの」

初老の堀田善衛が、額にしわを寄せた。

「儂がもう十歳若ければ、他人にさせはせぬが……」

「数馬《かずま》と次郎《じろう》とわたくしで行こうかと」

悩む堀田善衛へ、一郎兵衛が提案した。

「だめじゃ。他の二人はよいが、そなたはいかぬ。そなたには、牧野どのとの連絡をしてもらわねばならぬ。他の者では、一からかかわりを作り直さねばならぬでな」

堀田善衛が拒んだ。

「では、二組の組頭の新也《しんや》を」

一郎兵衛が、己の代わりに別の組頭を推した。

「三組か。もらいに行くのが面倒じゃ。我が組の辰之進《たつのしん》がよかろう」

一組でまとめたいと堀田善衛が言った。

「辰之進、数馬、次郎の三人では、若すぎませぬか」

「若いだけによく動く。伊賀相手ならば、そのほうがよかろう」

懸念する一郎兵衛へ、堀田善衛が首を振った。

「承知」

一郎兵衛がうなずいた。

「その小納戸の居場所はわかっているのだな」

「二人付けてありまする」

確認された一郎兵衛が述べた。

「ならば、今夜にでもさせよ。仕事は早いほうが、気に入られる」

「はっ。では、三人に話をして参りまする」

一郎兵衛が、任を伝えるために出て行った。

三

賢治郎が頼る先は上野善養寺《ぜんようじ》しかなかった。

「泊めるのはよいが、飯代はなんとかしろ」

事情を話した賢治郎へ、住職の巌海和尚《がんかいおしょう》が許した。

「愚か者が」

同席していた巌路坊《げんじぼう》が叱った。

「剣の理屈がわかっておらぬゆえ、そのような失策をするのじゃ」

「申しわけございませぬ」

賢治郎は頭を下げた。

「人と人の心のぶつかり合いこそ、剣の極意。相手の考えを読んでこちらの思いを通す。それができておらぬから、上様のお叱りを受ける。きさまが、将軍家へ仕えるなどまだまだ早いわ」

巌路坊が叱った。

「よい経験であったと思うべきではないか」

巌海和尚が間に入った。

賢治郎の剣の師匠は巌路坊であった。その巌路坊が、己の修行のため江戸を離れたため、弟弟子であった巌海が、賢治郎の面倒を見てきた。賢治郎には二人の師匠がいるに等しかった。

「ちょうどよい。心の練り直しをいたせ。座禅を組め」

「はい」

師に命じられて、賢治郎は本堂へと移動した。

善養寺の本尊は薬師如来《にょらい》像である。病気や怪我への霊験あらたかとして、庶民の信仰も深い。

「如来さまと向き合え」

「…………」

言われたように、賢治郎は禅を組み、薬師如来像を見上げた。

「なにか見えるまで動くな」

「承知」

首肯した賢治郎の左首に、抜き身が添わされた。

「動けば、切れるぞ」

厳路坊が告げた。

「…………」

いくら薬師如来像を見ているとはいえ、目の隅に光る刃《やいば》があるのだ。気にならないはずはなかった。

「おまえの相手は、薬師如来さまぞ。儂ではない」

厳しく厳路坊がたしなめた。

「はい」

賢治郎は首を固定しながら、詫びた。

「御仏の顔を見よ」

厳海和尚が右から賢治郎へ話しかけた。

「目は開いておられるか」

「かすかに開いておられまする」

賢治郎は答えた。

「では、瞳はどこをご覧になっている」

続けて厳海和尚が問うた。

「わたくしの目を」

「睨《にら》んでおられるか」

「いいえ。やわらかく見守ってくださっておられまする」

「よし。では、御仏の目が語りかけてこられるのを待て」

　巌海和尚が言った。

「…………」

　無言で賢治郎は見つめた。左の首に添っていた刃がいつのまにかなくなっていることに、賢治郎は気づかなかった。

　巌路坊と巌海和尚の二人が、本堂を出た。

「面倒な弟子じゃ」

　嘆息しながら、巌路坊が刃を鞘《さや》へ納めた。

「我らにもああいうときは、あったのでございますぞ」

　巌海和尚がほほえんだ。

「己が通ってきた道だからこそ、腹が立つのであろうな。賢治郎には、まだ道の先が見えていない。いや、一歩先さえわからぬ。しかし、我らは、その道をすでに通過している。どう行けばいいのかを知っておる。だが、教えてはいかぬ。己で進まぬ限り、道は続かなくなるからの。だからこそ、歯がゆい」

　巌路坊が苦笑した。

「それにしても、できた嫁でございますな。賢治郎に金を渡して屋敷から出すなど、なかなかできることでは」

小声で巌海和尚が言った。

「深室の家付き娘か。十三歳と聞いたが、末恐ろしいの。賢治郎は一生涯、頭が上がるまい。もっとも男は女に勝てぬものと太古の昔から決まっておる。将軍さまであろうが、大僧正であろうが、みんな女の股《また》ぐらから産まれてくるのだからの」

笑いながら巌路坊が本堂から離れ始めた。

「一刻（約二時間）ほど放置してやろうぞ」

「さようでございますな」

巌海和尚も同意した。

本堂から二人は、山門近くへと動いた。

「さて、風呂屋ではあるまいに、覗《のぞ》きか」

山門の上へ、巌路坊が顔を向けた。

「寺社の門は閉じられてはならぬ。いつでも衆生のために寺はある。しかし、救いを求める者、敬虔に御仏を拝む者以外の立ち入りは許されぬ」

冷たく巌海和尚も続けた。

「賢治郎に用ならば、一刻半（約三時間）ほどしてから出直せ。今、修行中じゃ」

巌路坊が手を振った。

「…………」

黒鍬者数馬が驚きを飲みこんだ。

山の奥へ入りこみ、新しい鉱脈を探していた黒鍬者である。蛇や熊などの獣と出会うことなどしょっちゅうであった。そのため、獣たちに覚《さと》られぬよう気配を消すことにかんしては、忍以上の技を身につけていた。それが、あっさりと見破られた。

「どうする」

隣にいた次郎が小声で問うた。

「伊賀者ではなく、釣れたのが坊主二人か」

数馬が考えた。

「あの坊主二人かなり遣うぞ」

少し離れていたところにいた辰之進が近づいてきた。

「陰供が伊賀と決まったわけではない……」

辰之進が告げた。

「それに、本物の坊主とはかぎらぬ」

あとを数馬が続けた。

「本物かどうか、試しておくか」

次郎が訊いた。

「よかろう。吾《われ》が後ろから援護する。数馬は右の、次郎は左の坊主を」

「承知」

「任されよ」

うなずいて、数馬と次郎が脇差《わきざし》を抜いた。

山門の上から、数馬と次郎が厳路坊と厳海和尚目がけて、飛び降りた。

「…………」

無言で迎え撃った厳路坊は、数馬の手にしていた脇差の腹を掌《てのひら》で叩いた。

「なにっ」

脇差が、真ん中から折れ、驚愕《きょうがく》した数馬の動きが一瞬止まった。

「愚か者が」

厳路坊が拳《こぶし》で、数馬の胸を叩いた。

「ぐへっ」

人体の急所である胸の骨を割られ、数馬が気を失った。

「はっ」

次郎が、厳海和尚に向けて頭から落ち、脇差を持った両手を突き出した。

「甘い」

厳海和尚は、足送りだけで避けた。

「ぬん」

外されたと知って、見事に身体《からだ》を丸め、落下の衝撃を緩めた次郎が、転がりながら間合いを空《あ》けた。

「させぬよ」

無手の厳海和尚にとって、間合いを取られるのはまずい。すばやく近づいて、厳海和尚が蹴りを入れた。

「……つっ」

あわてて蹴りを避けた次郎が、脇差を振った。しかし、足場ができていない。脇差に勢いはなく、あっさりと巌海和尚がかわした。

「くっ」

脇差といえども重い。無理に振った次郎の体勢が乱れた。

「そこっ……む」

拳を入れようとした巌海和尚が、後ろへ跳んだ。

巌海和尚の目の前をなにかが横切った。

「上じゃ」

巌路坊が、山門の上を指さした。

「礫《つぶて》か」

すばやく巌海和尚が、山門の庇《ひさし》の陰へ入った。

「数馬」

次郎が倒れたままの数馬を抱えた。

「おのれ……」

「逆恨みは御仏の意にそわぬぞ。我らは、降りかかった火の粉を振り払ったまで。襲い来て撃退されたからといって、こちらのせいにされても困るの」

巌海和尚があきれた。

「忍としては中途半端な者どもよな。気配の殺しかたはなかなかのものであったが。何者じゃ」

半歩、次郎へ近づいて、巌路坊が圧迫をかけた。

「くうう」

次郎がうめいた。

急所を撃たれた数馬は死んではいないが、まだ気を失ったままである。次郎は数馬を抱えて、動きがとれなくなっていた。

「退け」

屋根の上から指示が飛んだ。

「薄情なことを言うの」

巌路坊が嘆息した。

「仲間を担いで、どうやって逃げるのだ。潜《くぐ》りは開いているが、山門は閉じておるぞ」

「援護する。行け」

上からふたたび礫が飛んできた。

「庇の下へは当てられぬぞ」

無駄なことをと厳路坊が言った。しかし、雨のように降る攻撃で、庇から外へ踏み出すことは難しくなった。

「…………」

二人が足止めされたのを確認した次郎が動いた。

抱えていた数馬を肩に背負うと、そのまま走り、隣の寺との間の塀を軽々と跳びこえた。

「やるな。人を担いで五尺（約百五十センチメートル）をこすとは」

厳路坊が感心した。

「どうやら、上もいなくなったようでござる」

巌海和尚が、庇を出て、山門の上を見た。

「みょうな連中であったの」

「賢治郎の絡みは、先日もこのようだったので」

足下に落ちている礫を拾いながら、巌海和尚が訊いた。

「あのときは、やとわれた浪人者であった。今回とはあきらかに違う。雇われと、自らの意志で来た者の差は大きい」

先夜、松平伊豆守からの呼びだしという罠《わな》にはまった賢治郎を、浪人者が襲った。それを厳路坊が救っていた。

「上様の寵臣というのは、なかなか長生きのできぬもののようじゃの。賢治郎の父、多門もあわれなことをしたものじゃ。将軍家のお花畑番に子供を差し出し、過酷な運命を背負わせた」

苦い顔をしながら、厳路坊も散らばっている礫を拾った。

「変わった武器でございますな」

掌に載せた礫を巌海和尚が見た。

「鉄の菱《ひし》か」

「忍が遣《ま》う撒き菱とかいうものでございますか」

巌海和尚が訊いた。

「いいや、伊賀の里で見せてもらったが、撒き菱はもっととげが大きかった。これは角があるとはいえ、どちらかといえば、鉄の塊じゃ」

厳路坊が首を振った。

撒き菱とは、後を追ってくる敵の足止めに遣う忍道具である。乾燥させた菱の実や、鉄の針を曲げて、三方から四方へとげを出させたもので、地面に撒き、敵の足の裏を傷つける。手裏剣のように投げて遣うこともできた。

「このていどの角ならば、戦草鞋《いくさ》を履けばなんとかなろう」

手にした礫をいじりながら厳路坊が言った。

「では、これは」

「純粋に投げて相手にぶつけるためのものであろう。このていどのとげでも、あたれば傷になる。首の血脈近くや、顔面などに喰《く》らえば、ただではすむまい」

「しかし、これでは、手裏剣のように致命傷を与えるわけにはいきませぬぞ」

厳海和尚が疑問を呈した。

棒手裏剣であれ、八方手裏剣であれ、殺傷力は大きい。一撃で相手をしとめることも容易である。

「その代わり数が持てぬ」

厳路坊が述べた。

手裏剣は鉄の塊である。重く、かさばる。多くを持ち運ぶことは、己の身の動きを鈍くすることもあり、そう数をそろえられなかった。

「これならば、数を持てる。軽いし、形も互いの角がじゃましないので、袋かなにかに入れれば、そうとう入るぞ。手裏剣のように、補給の心配をせずに遣えよう」

「数……」

「今のように、牽制《けんせい》するには、十分よな」

「たしかに」

「手裏剣相手ならば、尽きるのを待てばいい。しかし、いつまでも尽きなければ、こちらの辛抱がもたぬ」

手にしていた礫を、厳路坊が投げた。礫は、山門の柱に食いこんだ。

「辛抱できず動いた者に勝ちはない」

「………」

無言で厳海和尚がうなずいた。

「賢治郎には難しいぞ」

厳路坊が本堂を見た。

「若い者には耐えられますまい。どうしてもすぐに結果を欲しがる」

巌海和尚が嘆息した。

「上様も同じ。まだ若い。そもそも将軍を嫡子の世襲にするから、こうなる。せめて一族の長者をつけるくらいでなければならぬ。考えてもわかろう。天下を治めた家康公が将軍となったのは、六十歳をこえてからじゃ。世の理《ことわり》も人の心もわかっておられたゆえ、天下は徳川のもとで落ち着いた。それを教訓とせず、将軍の子供だと言うだけで、次代の将軍とする。戦場を経験したこともない将軍に、武家の統領がつとまるものか」

「大きな声はご勘弁願いたい。吾《わ》が寺は、将軍家の祈願所寛永寺《かんえいじ》の末寺でござるぞ」

幕府批判に、巌海和尚が忠告した。

「ふん」

鼻で笑った巌路坊が、本堂へと向かった。

「さて、褒めるべきか叱るべきか」

巌路坊が、顔をしかめた。

「今の戦いの気配に気づかなかったことを、未熟と怒るか、そこまで集中して座禅を組んでいたことを褒めてやるべきか。剣の師匠として悩むところじゃ」

「褒めてやるべきでしょう。座禅を命じたのは、兄弟子でござる」

厳海和尚が言った。

四

赤坂の組屋敷では、堀田善衛が報告を受けて、難しい顔をした。

「場所は寛永寺の支配地。坊主二人、数馬を一撃で倒すほどの遣い手とくれば、僧兵であろうな」

「寛永寺が陰供を」

一郎兵衛が目を剝いた。

「ありえる。もともと寛永寺は僧兵でならした比叡山の流れ。そして、寛永寺を建てたのは、当代上様の父、三代将軍家光さまじゃ。寛永寺が家綱さまにつくのは、当然といえば当然である」

「なるほど」

聞かされた一郎兵衛が納得した。

「伊賀の気配はなかったのだな」

「はい」

悄然《しょうぜん》とした辰之進が首肯した。

「伊賀の動きを確認できるか」

「難しゅうございましょう。分かれてしまいましたので」

一郎兵衛が首を振った。

もとは一組だった伊賀者同心は、待遇の改善を求めて幕府に弓を引いたが負け、その罰として、四組に分けられた。

御広敷《おひろしき》伊賀者、小普請《こぶしん》伊賀者、明屋敷伊賀者、そして山里伊賀者である。分けられたことで、伊賀者同士の連絡も絶え、組が違えば相手がなにをしているか、わからない状況になっている。

「すべての組に見張りをつけるわけにもいきませぬ」

「ふむ」

唸って堀田善衛が腕を組んだ。

「当座は、様子を見るしかないか。今も目はつけているな」

「二人、寺の見えるところに」

辰之進が答えた。

「しばらく、小納戸の動きを追え。まだ手出しはするな。僧兵と伊賀者の姿を確認せよ。人手は使っていい。我が組の仕事は二組に頼む。話は儂からしておこう。あと、三組には知られるな」

堀田善衛の命に、一郎兵衛がうなずいた。

譜代席扱いを受けるのは、一組と二組、そして三組の一部だけである。これらは、甲州武田家から、徳川に移った者の子孫で構成されていた。

一方、三組のほとんどは、北条家を始めとする潰《つぶ》れた大名家に仕えていた者で、一代抱え席として扱われていた。

一代抱え席とは、次代へと家禄や職を譲れない者のことをいう。といったところで、慣例で親から子へ、兄から弟へと代を続けられてはいたが、譜代の黒鍬者とは違っていた。抱え席は、いつ放逐されても文句が言えない。

「同じ黒鍬で、同じ禄で、同じ役目を果たしておりながら、なぜ、我らは譜代席ではないのだ」

当然、不満は出る。

「我らは甲州以来の譜代じゃ」

譜代席の黒鍬衆は、一代抱え席の者たちを下に見る。

一組ら譜代席と三組の一代抱え席との溝は深い。

「じゃましては来ぬとは思うがの」

老婆心だと、堀田善衛が言った。

「では、下知を」

一郎兵衛が人選をしに、去っていった。

組屋敷とはいえ、黒鍬者の住居は狭い。諸藩でいう中間《ちゅうげん》よりはまだましだが、わずか二間しかなかった。

組頭になっても、組屋敷が大きくなるわけではない。ただ、並んでいる長屋の端を選ぶことできるため、路地を物置代わりに使えるだけ余裕があった。

「数馬がやられたか」

一郎兵衛に集められた一組の黒鍬衆五人の一人が息をついた。

「辰之進、状況を」

促された辰之進が戦闘の様子を語った。

「なるほどな。上から落ちたか。それだな」

少し歳嵩のいった黒鍬衆が納得した。

「どういうことだ、繁介《はんすけ》」

別の黒鍬衆が訊いた。

「身を投げ出してしまえば、動きが取れまい。空中で身体を操るのは難しいぞ。しかも奇襲ではない。相手に知られてからでは、待ち受けられる」

「なるほどな。それで数馬ほどの手練《てだ》れが遅れを取ったか」

「しかし、次郎が手も足も出なかったのも確かだ」

苦い顔で一郎兵衛が告げた。

「数で押し切るか」

繁介が提案した。

「二人きりならば、こちらは十人だせばいけよう。四人ずつで一人にあたり、予備の二人が不測に備える」

「たしかにな。だが、十人はいくらなんでも目立つ。数人ならば、ごまかせるが、三組が気づかぬとはかぎらぬ」

一郎兵衛が首を振った。

「面倒な連中よ」

若い黒鍬衆が吐き捨てた。

「そういうな、八郎太《はちろうた》。あやつらのお陰で、我らが任につく度合いが減っているのだ。それに雨の日の任は、三組の仕事。いなくなれば、雨の日に濡れた馬糞を手づかみすることになるぞ。あれの匂いは三日は取れぬ」

「うっ」

壮年の黒鍬衆に言われた八郎太が嫌そうな顔をした。

「からかうな、伊平《いへい》」

あきれた一郎兵衛が止めた。

「とりあえず、この五名で明日から、小納戸を見張れ。報せによると、坊主二人は、寺から出ぬようだ。陰供の確認は、機を見ておこなえ」

「わかった」

「うむ」

　五人が出て行った。

「辰之進」

「なんだ」

　残った辰之進へ、一郎兵衛が問うた。

「権兵衛《ごんべえ》はどうしている」

「知らぬ。また博打《ばくち》ではないか」

　辰之進が首を振った。

「よく金が続くの」

「そんなもの、姉から湯水のごとくもらえるのだろうよ」

「身内に美形がおると得じゃの」

　一郎兵衛が嘆息した。

「将軍さまの弟さまの側室じゃ。もし、男子でも産めば……権兵衛は次の館林公さまの叔父ぞ。旗本も夢ではないの」

　おもしろくなさそうに辰之進が口にした。

「我らも、それに乗るのだ。文句は言えまい。しかし、権兵衛もあまり羽目を外すと、姉の足を引っ張りかねぬ。弟が博打場で奉行所の手入れでも受ければ、館林さまのお側にふさわしくないと、姉が放逐されかねぬ」

難しい顔を一郎兵衛がした。

「そのへんは、頭がどうにかなさるだろう。だてに百俵という役料をもらっているわけではあるまい」

辰之進が興味をなくした。

「たしかにな」

一郎兵衛も同意した。

賢治郎が帰宅しなくなって十日が過ぎた。

「なにか御用でございますか」

自室に閉じこめられている三弥のもとへ、父作右衛門が来た。

「よい加減に強情を張らず、賢治郎の居場所を申せ」

作右衛門が命じた。

「賢治郎どのの……はて、深室家との縁は切れたはず。そのお方の居場所などをわたくしが存じておるはずもございませぬ」

三弥が突っぱねた。

「家が潰れそうなのだぞ」

顔色を変えて作右衛門が言った。

「なんのことでございましょう」

わからぬと三弥が首をかしげた。

「許しが出ぬのだ。賢治郎離縁のな。右筆にいくら頼んでも、反応がない」

「わたくしは女でございまする。城中のことを仰せられましても、わかりませぬ」

冷たく三弥は首を振った。

「このままで賢治郎が咎《とが》めを受ければ、深室の家も同罪ぞ。当主として、儂は役目を辞めねばならぬ。いや、石高を減らされるかも知れぬ。家格を目見え以下に落とされるやも知れぬのだ」

「知らぬものはお答えのしようがございませぬ」

三弥が横を向いた。

「強情な……」

怒った作右衛門が、三弥の頬《ほお》を叩いた。

「…………」

一瞬倒れた三弥だったが、悲鳴はあげなかった。

三弥がすぐに体勢を整えた。

「さっさと言わねば、もっとひどい目に遭《あ》わせるぞ」

作右衛門が迫った。

「どうぞ」

すっと三弥が作右衛門に背を向けた。

「くっ」

後ろから娘に暴力を振るうのは、さすがにできなかったのか、舌打ちして作右衛門が出て行った。

「少し落ち着いて考えられれば、おわかりになりましょうに。賢治郎どのが上様からお叱りを受けて十一日目。いまだなんのお報せもないということは……」

三弥が嘆息した。

娘のもとを離れた作右衛門は、その足で松平主馬のもとへ向かった。

「どうじゃ。娘は語ったか」

待ちかねていたと主馬が、問うた。

「申しわけありませぬ」

作右衛門が手をついて詫びた。

「なにをしておる。娘一人くらいどうにかできぬのか」

主馬が怒鳴りつけた。

「……すみませぬ」

額を畳にすりつけて、作右衛門が謝った。

「まったく、いつまでも余のさまたげをしおって」

賢治郎のことを主馬が罵《ののし》った。

「松平さま、右筆のほうは……」

おずおずと作右衛門が訊いた。

「だめじゃ。昨日も持っていった金子《きんす》を返されたわ」

「みょうでございますな。右筆は金で動くものと決まっておりましたが」

作右衛門が述べた。

「誰かが後ろで糸を引いておるか」

「……はい」

「いたしかたない。堀田さまにお願いしよう。このていどのことでお手を煩わせたくはなかったのだが」

力なく、主馬が肩を落とした。

将来の執政と見て、誼《よしみ》を願っているのだ。役に立たないと思われれば、使い捨ての道具として終わってしまう。できるだけ己の手で、始末を付けたかった主馬だったが、このままでは家に響く。

「失策は、どこかで取り返せばいい」

「お手伝いをいたしまする」

主馬に着いていくと、作右衛門があらためて口にした。

「登城するぞ」

用人へ主馬が告げた。

五

寄合旗本は、もともと組外れとなった大身旗本を集め、留守居支配したことに始まる。

留守居は、旗本最高の役職であり、その権能は大きかった。主たるものとして、大名から出された人質を管轄、金銀の出納、江戸城諸門の通行証の発行、大奥の監督などと、多岐にわたる。その忙しさは老中をこえるとまでいわれていた。

「ごめん」

留守居の執務室へ松平主馬が訪れた。

「なんじゃ、またおぬしか」

当番の留守居北野薩摩守《きたのさつまのかみ》が苦い顔をした。

寄合旗本が、役職に就くには、直接の上司ともいうべき、留守居役の推挙が要った。しかし、多忙な留守居役と私邸で面会するのは難しいため、職に就きたい寄合旗本は、城中へ出向き、顔を売るのが慣例であった。

主馬は、ほぼ毎日のように留守居部屋へ顔を出し、うるさがられていた。

「いえ、今日はお願いではございませぬ。登城いたしましたので、お届けだけ」

いつもの猟官運動ではないと、主馬が首を振った。

「そうか。ならばよい」

北野薩摩守が手を振って、出て行けと合図した。

「では」

あっさりと主馬は、留守居の執務部屋を出た。

「いつかは、あの部屋の主となってくれる」

主馬が呟いた。

留守居は、その名のとおり、将軍が江戸城を留守にしたときの代わりである。年功を積んだ旗本の極官であり、これ以上の出世はない。万石以上城主格を与えられ、次男まで目見えを許される。さらに下屋敷も与えられるなど、格別の待遇を受けられた。もっとも老中たち執政衆の権と重なることも多く、軋轢《あつれき》もおこした。寛永十五年(一六三八)には将軍の直属から老中支配に変わるなど、少しずつであったがその地位は低下しつつあった。が、旗本あこがれの役目であることは確かであった。

留守居の執務部屋を出た主馬は、御殿坊主を捕まえた。

「堀田備中守さまへお目通りを願いたい」

白扇を渡しながら、主馬が頼んだ。

「お役目がございますゆえ、今すぐには」

「わかっておる。備中守さまのごつごうをお待ちする」

御殿坊主の言いぶんに主馬が首肯した。

「どうぞ。こちらへ」

主馬のもとへ御殿坊主が来たのは、正午を少し過ぎたところであった。

「かたじけない」

御殿坊主の機嫌を損ねると、城中ではやっていけない。主馬は、一刻以上待たされたことにも文句を付けなかった。

「すまぬな。弁当を使いながらでよいか」

堀田備中守は食事をしながら、主馬を迎えた。大名といえども、江戸城では将軍の家臣でしかない。食事の介添えをする者を連れてくることなど許されず、自前の弁当を食するだけであった。

「けっこうでございまする。こちらこそ、お忙しいのを承知しておりながら、無理をお願いいたしまして」

まず主馬が詫びた。

「で、なにかの」

挨拶の応酬を止めて、堀田備中守が用件を急《せ》かした。

「右筆に口添えをお願いいたしたく」

「……まだとおらぬのか」

堀田備中守が箸《はし》を止めた。

「手は尽くされたであろう」

「もちろんでございまする。右筆組頭と右筆に金を包みましたが、受け取りませぬ」

少し小声で主馬が述べた。

「誰かが右筆を抑えておるな」

「やはり」

「ふむ。これは願いを取り下げられたほうがよろしいかも知れませぬな」

しばし思案した堀田備中守が言った。

「なにを……」

聞いた主馬が唖然《あぜん》とした。もともと賢治郎の義絶は堀田備中守の提案であったのだ。それを止めろとは、二階へ上がったあと梯子《はしご》を外されたようなものであった。

「考えてもご覧あれ。もともと弟どのと義絶することで、連座を避けようとされた」

「はい」

「しかし、弟どのへの咎めは未《いま》だない」

「あっ」

言われて主馬が気づいた。

「上様はお叱りになったが、咎めを与えるおつもりはないと」

「おそらく」

堀田備中守がうなずいた。

「そして、その意を受けたどなたかが、右筆へ圧力をかけている。そう考えるべきでございましょうな」

「……………」

主馬が沈黙した。

「しかし、めでたいことではございませぬか。弟どのが、そこまで上様の寵愛を受けている。まさに、松平伊豆守どののごとし。このままいけば、弟どのは、やがて執政の一人となられましょう。となれば、貴家も繁栄まちがいなし」

笑みを堀田備中守が浮かべた。

「くっ」

賢治郎を褒められた主馬が嫌な顔をした。

「それに、褒められたことではございませぬが、罪を受けるとわかっていての、義絶はやむなしと見なされるとはいえ……悪評は、貴殿の出世に響きましょう」

「……わかりましてございまする」

釈然としない表情で主馬が首肯した。

「もっとも、上様の御前を一度しくじったのはたしか。またなにかあるかも知れませぬがの」

堀田備中守が付け加えた。

「では、これにて」

さっさと弁当を片付けて、話は終わったと堀田備中守が暗に告げた。

「お手数をおかけいたしましてございまする」

主馬が立ちあがった。

深室賢治郎は、頼宣を襲った浪人者の足跡を探していた。

「卒爾《そつじ》ながら……」

浪人者と見れば、片端から声をかけてみるが、誰もが首を振った。

「わからぬか」

何日もが無駄に終わった。

「その顔では、収穫はなかったようだの」

善養寺へ戻ってきた賢治郎の疲れたようすから、巌海和尚が見て取った。

「はい」

「この馬鹿が」

巌路坊が嘆息した。

「いつになれば気づくかと思ったが、世間知らずにもほどがある」

「無理を言われるな。三千石の若さまだったのでござるぞ。市井《しせい》につうじているようならば、かえって気持ち悪いでございましょう」

巌海和尚がかばった。

「しかし、世間を知らずとも頭を使えばわかろう」

顔を巌海和尚から賢治郎へ戻した巌路坊が、口を開いた。

「噂になっている浪人者の知り合いなどと、誰が白状するか。浪人者はそうでなくともうさんくさい目で見られておるのだぞ」

「あっ」

賢治郎は声をあげた。

「ではどうすれば……」

「死人のことは坊主に訊けというぞ」

巌海和尚が述べた。

「浪人者どもが葬られたのはどこだ」

「……知りませぬ」

巌路坊の問いに、賢治郎は首を振った。

「回向院《えこういん》のはずじゃ。江戸での無縁仏は、まずあそこだ」

あきれた口調で巌海和尚が教えた。

「ありがとうございまする。明日にでも早速」

賢治郎は、礼を言った。

「今日は、異常なかったのか」

表情を引き締めて、巌路坊が確認した。

「はい。気を付けてはおりましたが、なにも」

先夜の襲撃について、賢治郎も報されていた。

「あきらめたとは思えぬ」

「気を抜くな」

「はい」

二人の師からの忠告を賢治郎はすなおに聞いた。

翌朝、賢治郎は回向院へと向かった。

回向院は、明暦三年（一六五七）の振《ふ》り袖《そで》火事の被災者の供養を願った将軍家綱によって建立《こんりゅう》された万人塚の供養所が始まりである。

無縁寺回向院と称し、まだ歴史は浅いが、振り袖火事で身内を失った者たちの参詣も多く、供養塔に香華の手向《たむ》けは途絶えることがなかった。

「有縁、無縁にかかわらず、すべての生類の供養を」

開山遵誉《じゅんよ》上人の言葉がかたるように、無縁仏を受け入れていた。

「ごめん」

まず万人塚へ祈りを捧げて、賢治郎は、供養所を訪れた。

「ご供養でござるかの」

供養所には、初老の僧侶が一人でいた。

「先日、こちらに葬られた浪人十数名へ、線香を」

賢治郎は素早く金を懐紙に包んで、差し出した。

「これはご奇特なことで」

僧侶が合掌して受け取った。

「おかかわりあいとは……お身形《みなり》からして思えませぬが」

不思議そうな顔を僧侶がした。

「少しばかり、縁があったと申しておきまする」

名乗るわけにもいかず、賢治郎はあいまいな答を返した。

「けっこうでござる。人は皆、死ねば仏でござる。生前の罪は、死してから裁かれるもの。生きている者にはかかわりのないこと」

僧侶がうなずいた。

「お尋ねしてよろしいか」

「拙僧《せっそう》にわかることならば」

「浪人者についてはなにもわかりませぬのか。名前とか、出自とか」

「町奉行所のお方にお伺いいたしましたが、まったく不明だと」

小さく僧侶が首を振った。

「なにか遺品のようなものは……」

刀に銘でもあれば、手がかりになる。賢治郎は質問した。

「そのようなもの、こちらに回ってきませぬ」

僧侶が苦笑した。

「刀にしても衣服にしても、売れるものはすべて、町奉行所の小者たちが持ち去りまする」

「……………」

賢治郎は嫌な顔をした。

「ものに罪はございませぬ。新しい主《あるじ》のもとで使われてこそ、生きましょう。それにそのていどの役得でもないと、小者は食べていけませぬ」

諭すように僧侶が言った。

「いや、すまぬことを」

頭を賢治郎がさげた。

「お気になさらず、なかには、御仏が身につけていたものをよこせと申してくる輩《やから》もおりますからの。ほれ」

僧侶が賢治郎の背後へ目をやった。

振り向いた賢治郎は、供養塔に見向きもせず、近づいてくる浪人者たちを見た。

「坊主、今日は話す気になったか」

背の高い浪人者が口を開いた。

「何回来られても、返事は同じでござる。なにもござらぬ」

「そんなはずはない。三隅《みすみ》がここに葬られたことはわかっておるのだ。三隅はなにか大きな仕事で金が入ったと申しておったのだ。長屋は調べたが、なにも出ぬ。となれば、身につけていたと考えるべきであろう」

太り肉《じし》の浪人が僧侶に迫った。

「金などもっておるわけなどない。みな、ふんどし一つで、粗筵《あらむしろ》にくるまれて運ばれて来たぞ」

「では、金はどこへ行った」

「拙僧が知るはずなかろう」

僧侶が首を振った。

「……貴殿はなんだ」

背の高い浪人者が、賢治郎へと目を移した。

「三隅と申したか、浪人者の一人は」

名前が知れたことに、賢治郎は興奮していた。

「……三隅を知っておるのか。では、おぬしが、金を」

「三隅はどこに住んでおった。本当に金を持っていたのか」

賢治郎は問うた。

「まちがいない。拙者も誘われたが、危ないと思って断ったからの。そのとき、前金じゃといって、三隅は小判を見せたわ」

確認する賢治郎へ、背の高い浪人者が告げた。

「長屋は見たと申したが、水瓶《みずがめ》の下まで調べたのか」

「水瓶の下……飯田《いいだ》」

背の高い浪人者が、太り肉の浪人者を見た。

水道の発達している江戸だが、場末の長屋となると水道の負担金を払わない家主も多く、井戸もない。そういうところでは、水を売りに来る行商から買い、水瓶で保管していた。

「行くぞ、西岡《にしおか》」

飯田が背を向けた。

「ああ」

西岡がしたがった。

「おじゃまをいたした」

僧侶に一礼して、賢治郎は浪人たちの後を追った。

二人の浪人は、ほとんど走るような勢いで進んでいた。

「急げ。松村《まつむら》らに先をこされてはたまらぬ」

「わかっておるわ」

息を荒げながら言う飯田に西岡が応じた。

「かなり遠いな」

回向院から深川へと賢治郎は二人の浪人の後についていった。

辻を曲がった飯田と西岡が、不意に足を止めた。

「まずい。松村たちが来ておる」

「ちっ。何人だ」

西岡が舌打ちをした。

「外にいるのは大崎《おおさき》のようだ。となると、長屋のなかにおるのは松村と上島《かみしま》だろう」

「二対三か」

難しい顔を西岡がした。

「いや、三対三だ」

賢治郎が声をかけた。

「さきほどの」

飯田が、後ろを見た。

「心配せずとも、金は要らぬ。三隅とかが、どこから仕事をもらったかを示すようなものがあれば、それをもらいたい」

条件を賢治郎は出した。

「ほんとうに金は要らぬのだな」

西岡が念を押した。

「うむ」

「なら、よかろう」

「だな」

うなずく賢治郎に、西岡と飯田が顔を見合わせた。

「では、あの大崎を片付けてくれ。あと、援軍が来たら頼む。なかは儂らがやる」

なかへ入られれば、金を奪われると思ったのか、飯田が外を任せると述べた。

「承知」

すぐに賢治郎は走った。

「なんだ、おまえ」

気づいた大崎が刀の柄《つか》へ手をかけた。

「はっ」

賢治郎は、その手を押さえつつ、鳩尾《みぞおち》へ膝蹴《ひざげ》りを入れた。

「ぐっ」

大崎が気絶した。

「早い」

「……ああ」

飯田と西岡が一瞬動きを止めた。

「よいのか」

振り返った賢治郎に促されて、二人があわてて太刀《たち》を抜いた。

「いくぞ」

「おう」

長屋のなかへと躍りこんだ。

「きさまら……」

「なにを」

しばらく争いの気配がしていたが、太刀を抜いていたほうが有利になる。すぐに長屋のなかは静かになった。

「水瓶……重い」

「割ってしまえ」

派手な音がして、水瓶が割られる気配がした。

「あったぞ。一、二、三……四両」

「おう。二両ずつか。ひさしぶりに妓の白粉《おしろい》を嗅《か》げるな」

西岡と飯田の歓声が聞こえた。

「よいか」

外から賢治郎が問うた。

「おう。勝手にさがせ」

「我らの用はすんだ」

血刀を下げた二人が、出てきた。

すっと賢治郎は間合いを空けた。

「………」

「ちっ」

二人が賢治郎の動きに、表情をしかめた。

「ではの。行くぞ、西岡」

「おう」

首肯した西岡が、先に動き、続いて飯田が離れていった。

油断することなく、二人の姿が見えなくなるまで見送って、賢治郎はなかへ入った。

「なんだ、この匂いは」

饐《す》えたような異臭に鼻を覆った賢治郎は、長屋のなかの惨状を見て驚愕した。まず、
二人の浪人が血まみれで倒れていた。そして、長屋のなかは嵐にあったかのように、
荒らされていた。

「これでは、どうしようもない」

手がかりを探すこともできず、賢治郎は呆然《ぼうぜん》とするしかなかった。

「ううっ」

一人の浪人者がうめいた。

「どうした」

賢治郎は声をかけた。

「くそお、飯田と西岡め。このままではすまさぬぞ」

浪人者が呪詛《じゅそ》を吐いた。

「…………」

すでに浪人者の顔色は紙のように白くなっていた。このまま助からないことは明白であった。賢治郎は浪人者の側へ屈《かが》みこんだ。

「言いたいことがあれば聞く」

「……人も殺した、女も犯した。いつ死んでも惜しくないと思っていたが……いざとなれば死にたくないものだな」

小さく浪人者が震えた。

「一つ問いたい。三隅に金を渡した者を知っておるか」

賢治郎は問うた。

「田中矢右衛門《たなかやえもん》だ。我らと同じ浪々の身であったが、先日仕官を……」

そこまで言った浪人者が血の泡を吹いた。

「おいっ。どこの藩へ仕官したのだ」

あわてて賢治郎は先を訊こうとしたが、すでに浪人者は息をしていなかった。

「……田中矢右衛門」

賢治郎は唯一の手がかりを繰り返した。

第四章　縺糸《れんし》の思惑

一

老中阿部豊後守は、黒書院上段の間敷居際に腰を下ろしていた。

父親の隠居に伴って藩主となった若い大名の襲封への立ち会いであった。襲封には老中奉書が出される。署名した老中の一人が、代表して出席する決まりにしたがって、阿部豊後守が家綱の脇に控えていた。

「……襲封を認める。領内の政《まつりごと》に気を配り、幕府へ忠義を尽くせ」

決められた文言を家綱が述べて、式は終わった。

「上様、ご退出」

小姓《こしょう》の先導で、家綱が黒書院を出ていた。

「無事襲封、おめでとうござる」

奏者番《そうしゃばん》堀田備中守が若い大名へ声をかけた。

「かたじけのうございました。今後ともによろしくご指導のほどを」

畳の跡が額につくほど、深く平伏していた若い大名が顔をあげ、礼を述べた。

大名は初めて将軍へ目通りするとき、続いて襲封のおり、お披露目役となってくれた奏者番を殿中での師として万事を習う慣例があった。

「こちらこそ、よしなにな。さあ」

「はい」

堀田備中守に促されて、若い大名が下がっていった。

「備中」

阿部豊後守が、声をかけた。

すでに若い大名の所作に目を光らせていた目付《めつけ》もいない。黒書院には、阿部豊後守と堀田備中守だけとなっていた。

「なにか」

呼ばれた堀田備中守が問うた。

「身に沿わぬ野望は、滅びのもとぞ」

「……なんのことでございましょう」

阿部豊後守の言葉に、ほんの一瞬だけ間をとった堀田備中守だったが、なにもなかったかのように応じた。

「これはそなたの父の友人としての忠告じゃ。そなたの父、堀田加賀守《かがのかみ》のような、真の寵臣《ちょうしん》となれ」

堀田備中守の父加賀守正盛は、阿部豊後守や松平伊豆守と同じく、家光の寵愛を受け、その死に殉じていた。

「父に追いつくべく努力しておりまするが、なにぶん不肖《ふしょう》の身。なかなかに及びませぬ。たりぬところがございますれば、どうぞ、お教えくださいますよう」

ていねいに堀田備中守が腰を折った。

「ならば、一つ」

じっと堀田備中守を見つめながら、阿部豊後守が言った。

「今就いているお役目に精進いたせ。甲府や館林に出入りするのは、奏者番の任ではない」

「なんのことでございましょう」

一度衝撃を受けたからか、今度はまったく平静に堀田備中守が応じた。

「わからなければ、それでよい」

阿部豊後守は立ちあがった。

「真の寵臣にならず、権を与えられれば、その報いは避けられぬ」

堀田備中守の横を通り過ぎながら、阿部豊後守が告げた。

「お言葉、心に留め置きまする」

去っていく阿部豊後守を、一礼して堀田備中守が見送った。

「おまえだったか、じゃまものは」

一人になった堀田備中守が頬《ほお》をゆがめた。今のやりとりで、右筆《ゆうひつ》に圧をかけていたのが阿部豊後守だと堀田備中守は悟っていた。

「父に腹を切らせておいて、のうのうと生き残り、いまだ老中でございと肩で風をきって城中を歩くおまえに何がわかる」

堀田備中守がつぶやいた。

「おまえも、伊豆守も家光さまに殉じなかった。おかげで家は分かれることもなく隆盛を誇っている。伊豆守は死んだが、川越松平は無事だ。しかし、吾《わ》が堀田家はどうだ」

呪うような声で堀田備中守が続けた。

「家光さまに殉死した父の跡は、兄正信《まさのぶ》が継いだとはいえ、吾《われ》と弟の正英《まさひで》に領地を分けたため、十万石を割り、格を落とした」

大名には外様《とざま》、譜代の他に、国持ち、城持ち、十万石をこえるかどうかなどの格があった。堀田家は殉死した父正盛が与えられていた十一万石は、三男の正俊に一万石、四男の正英に五千石を分知、残った九万五千石を長男の正信が継いだ。

一応、新田開発による石高見直しという形で、表高の減少は避けられたとはいえ、分知したことには違いない。さらに新田開発は藩の余得として、表高に出さない慣例を破ったことで、堀田家の実収入は減少してしまった。さらに襲封しても、正信へ役職の声がかからなかった。これらの不満が、正信を誤らせた。

万治三年（一六六〇）、幕政非難の建白書を提出した正信は、許可も得ずに領地佐倉へ帰国してしまった。

無届けでの帰国は重罪であった。謀反ととられて当然だからである。ただちに幕府は堀田家の所領を没収、正信は弟である信濃飯田藩脇坂安政《わきさかやすまさ》へ預けられた。

先の老中で、家光に殉死した堀田正盛の子だからこそ、殺されずにすんだのはたしかであったが、堀田備中守には不満であった。

「いくらでもやりようはあったはず」

当時、父正盛の友人で同僚でもあった松平伊豆守と阿部豊後守が老中であったのだ。正信の帰国に理由を付けて、かばうことくらい容易であった。それこそ、家綱の許しは出ていたとすれば、誰もそれ以上は追及しない。

「兄のしたことはたしかにまずい。だが、ごまかしてさえくれれば……」

堀田備中守が悔しそうな顔をした。多少石高を減らされる、あるいは、僻地への転封はやむを得ない。だが、潰《つぶ》すほどのことはなかった。いや、備中守へ継がせてくればよかったのだ。

さいわい、正信の愚行は、乱心のためとされ、一族に影響はでなかった。もっとも、堀田備中守と正英の二人は、自ら謹慎をしたが、すぐにお構いなしとなった。

しかし、堀田家の家格がここで問題となった。堀田家は譜代ではなかったのだ。

堀田家の先祖は、織田信長から、豊臣秀吉の家臣となり、そののち小早川秀秋《ひであき》のもとへつけられた。関ヶ原の合戦で豊臣から寝返った小早川秀秋が、跡継ぎなく死亡、小早川家が改易《かいえき》されたことで、堀田家は浪人となった。のち、大坂の陣では徳川家の旗本として出陣しているが、その間のことは、幕府に出された家譜でも不明になっている。

じつは、堀田家が小早川家の浪人から旗本になったのは、妻のお陰であった。堀田正俊の祖父正吉《まさよし》の正室は、小早川家で同僚であった稲葉美濃守正成《いなばみののかみまさなり》の娘であった。そして、稲葉正成の継室が、三代将軍家光の乳母春日局だった。

慶長九年（一六〇四）、夫と離縁し、二代将軍秀忠の嫡男家光の乳母となった春日局は、身内を徳川家へ押しこんだ。

おかげで小早川家改易の後浪人していた、別れた夫正成、息子正勝《まさかつ》を始め、娘婿の堀田正吉らは徳川家の大名、旗本になれた。

言わば、乳母の関係でしかなく、徳川家が天下を取る前から仕えてきた譜代たちにとって、堀田家は新参者、それも自らの功績なく取り立てられただけでしかなかった。

よく主君の男色相手を務めたり、身内が側室になったりしたことで出世した者を、武家は蛍と呼ぶ。これは、尻の光で出世した者との嘲笑《ちょうしょう》であった。稲葉も堀田も、やはり蛍あつかいをされていた。

春日局の夫正成は、よほどそれが嫌だったのか、のちに二万石の領地を捨てて、勝手に出奔浪人してしまった。

「やはり蛍は蛍よな。先代さまがお亡くなりになれば、尻の威力も消え、蛍も死ぬわ」

正信に罪が言い渡された当座、江戸城中でよく聞かれた陰口である。

「どれだけ、我らが恥ずかしい思いをしたか、わかるまい」

呪うような声を堀田備中守が出した。

「あのときに、余は誓ったのだ。かならずや独力で、執政の地位へ登ってやるとな。二度と堀田の名前に対し、蛍などと言わさぬために。そのためには、なんでもやってくれる」

堀田備中守が独りごちた。

深室賢治郎が襲撃に失敗して死んだ浪人者のことを調べていると、黒鍬組《くろくわぐみ》の一郎兵衛から聞かされて牧野成貞は頬をゆがめた。

「まずいの」

牧野成貞が嘆息した。

「当家の名前が出ることはないはずだが……」

襲撃に参加した浪人者たちは全滅している。口封じは不要であった。

「しかし、誘いに乗らなかった者もいるのではございませぬか」

「……うむ」

苦い表情で牧野成貞がうなずいた。

「間に人を挟んだゆえ、大事ないと思うが」

「挟んだ者は大丈夫なので」

「…………」

牧野成貞が黙った。

「片付けましょうや」

「ううむう」

腕を組んで、牧野成貞がうなった。

「ああいう無頼の手合いとの仲立ちをしてくれる者は便利なのだが……」

「今後は、我ら黒鍬が闇を担いまする」

一郎兵衛が述べた。

「…………」

しばし、牧野成貞が瞑目《めいもく》した。

「なんでもやると……」

「…………」

無言で一郎兵衛は首肯《しゅこう》した。

「けっこうだ」

緊張を牧野成貞は解いた。

「相手はどこの誰でございまするか」

一郎兵衛が問うた。

「家中の田中矢右衛門という」

「……ご家中にあのような無頼とつきあいのある者を」

驚愕《きょうがく》で一郎兵衛が目を剝《む》いた。

館林右馬頭綱吉は、そのへんの大名ではない。将軍の弟なのだ。現将軍の家綱に万一があれば、五代将軍になるかも知れない。いや、そうしようと牧野成貞は動いていた。その家中に、無頼の出である家臣がいる。

「このような者を家中に持っているなど、尊き地位にふさわしくない」

こう言われて、足を引っ張ることになりかねない。

「殿が、館林を拝領したおりに、家臣を募集したのだ。そのときにな、こういう者が一人くらいおっても便利かと思って採ったのだが」

牧野成貞が告げた。

「仰せのとおりでございまする。もし、牧野さまが無頼の浪人を雇いに直接出向いておられれば、今ごろ、館林家を脅す者が毎日のようにやってきておりましたでしょう」

一郎兵衛は認めた。

「しかし、今となれば、かえってよくありませぬな。おそらく、誘われて断った者のなかには、田中どのを存じておる者もおりましょう」

「まずいな」

「はい。館林家までたどるのは簡単でございまする」

あっさりと一郎兵衛が言った。

「頼む」

「承知いたしました」

「とはいえ、館のなかではするな」

神田館で家臣が変死したとなれば、隠すのが難しい。

「理由をつけて、館林へ向かわせていただければ、内藤新宿を出たところで」

一郎兵衛が条件を述べた。

「わかった。あと、ついでに田中の顔を知っている連中の始末もな」

「では、田中どのをお呼び出しいただきたい」

一礼した一郎兵衛が、牧野成貞へ頼みごとをした。

「どうする」

「牧野さまが、口封じせねばならぬゆえ、田中どのの知り合いの名前を言えと。あと、ほとぼりが冷めるまで、館林へ行けとも」

「なるほどの。無駄を省くか」

「探せと言われれば、いくらでもできまするが、ときの無駄は避けられませぬ」

一郎兵衛が語った。

「わかった。同席するか」

「いえ。牧野さまお一人のほうが、田中も安心いたしましょう。あと、失敗の責を取らせるとして、少し禄を減らしていただきたい」

「なぜじゃ。どうせ始末するならば、罰など意味なかろう」

牧野成貞が首をかしげた。

「罰を与えられるほうが安心するものでございまする」

問われて一郎兵衛が答えた。

「なるほどの。殺すつもりならば、罰は与えぬからな。承知した」

「では、わたくしは、天井裏におりまする。万一ということもございますれば」

「頼んだ」

納得した牧野成貞が、一郎兵衛の姿が天井裏へと吸いこまれるのを待って、田中矢右衛門を呼びだした。

「申しわけございませぬ。次こそは」

田中矢右衛門が、入って来るなり平伏した。

「次は当分ない。ついては、そなたに罰を与える」

「……なんなりと」

窺《うかが》うような目で田中矢右衛門が、牧野成貞を見た。

「五十石減知のうえ、館林へ行け。向こうで用人の石塚源左衛門《いしづかげんざえもん》の指示に従え」

「ありがたく」

田中矢右衛門が、ほっとした顔をした。

「まさかと思うが、当家の名前を出したりはしておるまいな」

「もちろんでございまする」

強く田中矢右衛門が首肯した。

「ならば、すぐに用意をして、江戸を発《た》て」

「では」

「待て。その前に」

立ち上がりかけた田中矢右衛門を牧野成貞が制した。

「おぬしのことを知っている者どもの名前と住まいを申せ」

「深川八幡《はちまん》前、山田昇作《やまだしょうさく》、同上条高矢《かみじょうたかや》……」

無表情に六人の名前を田中矢右衛門があげた。

「勘定方で、旅費を受け取れ。以上だ。行け」

聞き終わった牧野成貞が、手を振った。

「ごめんを」

金を支給されると聞いた田中矢右衛門が、喜色を浮かべて、去っていった。

「聞いたか」

「はい」

牧野成貞の確認に、天井裏から答えがした。

「金は、返さなくていい」

「……礼は申しませぬ」

そう言って一郎兵衛が、天井裏から消えた。

「黒鍬とは、奇妙なものよ。忠誠というものがない。あのような者、右馬頭さまが将軍となられても重用するべきではない」

一人残った牧野成貞が嘆息した。

「敵に回さなくてすんだと思えばよいのだが……殿のお血筋をあの黒鍬の娘が産むかと考えれば、少し怖い気もする」

綱吉は桂昌院の側《そば》からあげられた黒鍬者の娘伝を気に入り、毎晩閨《ねや》を申しつけている。

「お血筋がないよりはましか」

呟《つぶや》いて、牧野成貞が仕事へと戻った。

二

賢治郎は、今日も深川を訪れていた。

「田中矢右衛門という御仁をご存じではないか」

「聞かぬな」

浪人者が首を振った。

「…………」

半日潰してもなにもわからない。疲れた賢治郎は、遅めの昼餉《ひるげ》をかねて、煮売りの屋台へと腰を下ろした。

「飯と汁とそこの根深の煮物をもらおう」

「六十文で」

煮売り屋の親父《おやじ》が先払いを要求した。

「ああ」

紙入れを取り出して、賢治郎はなかから波銭を十五枚取り出した。しばらく考えて、もう五枚足した。髪結《かみゆ》い床の上総屋で何度となく見て、料金より少し多めに払うべきだと、賢治郎は学んでいた。

「これでいいな」

寛永通宝には二種類あった。裏になにもないものは一文、波形の模様がはいっているものが四文である。

「たしかに。ありがとうございまする」

親父が受け取った。

「おまちどおさまで」

すぐに賢治郎の前に飯と汁と煮物が置かれた。

「…………」

賢治郎は、飯を口に運んだ。

「お侍さま」

無言で食事をしている賢治郎へ、親父が声をかけた。

「なんだ」

箸《はし》を止めて、賢治郎が親父を見た。

「お人探しで」

「見ていたのか」

賢治郎は苦笑した。

「目立ちすぎていやすからね、旦那は。旦那、お旗本でございましょう」

「……わかるか」

「身形《みなり》が違いますやね。深川にもお旗本のお屋敷は多いですがね、あまり高禄のお方はおられません」

親父が話した。

深川は江戸湾の開拓地である。徳川家康によって天下の城下町となった江戸は、もともと小さな漁村でしかなく、土地が足りなかった。

江戸の拡張を目的として、埋め立てられた深川の工事は当初難航した。そこで、波除《よ》けで有名であった富岡八幡宮が勧進された。

その富岡八幡宮が源氏の氏神であったことから、徳川家光の庇護《ひご》を受け、その門前町は活況を呈した。

開拓地で男手がいるところへ、門前町の賑《にぎ》わいである。当然、遊郭などが林立することとなり、深川は拡がった。

そこへ、振《ふ》り袖《そで》火事が起こった。江戸の町を焼き払った火事は、多くの被害をもたらしたが、ぎゃくに家康入府以来、無計画だった城下を一新する好機であった。

松平伊豆守ら執政は、新しい江戸の町造りに深川を組みこみ、旗本や大名の屋敷の一部を移転させた。

江戸城から川一つとはいえ、離れることになる。城に近いほど、徳川家との縁が深いとの証明なのだ。名門大名や、高禄の旗本をいきなり移すといえば、抵抗が激しい。

当然、小旗本が深川へ送られることとなった。

「それに八幡さまの門前は、遊郭も多く、博打《ばくち》場もありまする。こういうところに集まる者は、ろくでもない輩《やから》ばかり。そんな連中が、旦那のようなお人の相手なんぞしやせんよ」

「そうか」

聞かされた賢治郎は肩を落とした。

「誰をお探しなので」

「田中矢右衛門という御仁なのだ。つい先日まで、このあたりにいたはずなのだが」

「……田中さまねえ」

「なんでも、仕官が決まったとか」

賢治郎は回向院で会った浪人者からの話をした。

「仕官といえば……」

「知っておるのか」

親父の様子に賢治郎は身を乗り出した。

「あってるかどうかは知りやせんが。最近、仕官したというのは耳にしましたねえ。いまどき珍しいお話だと思って覚えております」

「それはわかりませんよ。仕官してしまえば、こんな深川ではなく、そのお大名のお屋敷へ移りましょう。このあたりの浪人者なら、引っ越すといったところで、近隣へ挨拶することもないし、たまってた家賃なぞ払わずに消えてまさ」

「どこにおる」

首を大きく振って、親父が否定した。

「そうだの。せめて、前にいたところくらい、わからぬか」

「八幡さまの門前にある岡場所に入り浸っていたとの噂で」

「助かる」

礼を言って、賢治郎は急いで飯を喰《く》った。

「今からお行きになられるんで」

「そのつもりだが」

慌てる賢治郎へ、親父が声をかけた。

「およしになったほうが、よろしゅうございますよ」

親父が止めた。

「そろそろ八つ半（午後三時ごろ）を回りましょう。岡場所がもっとも忙しくなる頃合いで」

「それがどうかしたのか」

最後の汁を啜《すす》り終わって、賢治郎が問うた。

「見世が開いた岡場所は女を買うところで。客じゃないと相手にさえしてくれやせん」

「……ではどうすればいい」

「明日の朝四つ（午前十時ごろ）前にお見えになれば、まだ見世は開いていませんので、掃除とかしている男衆に小銭を握らせれば、話は聞けましょう」

賢治郎の使ったどんぶりを片付けながら、親父が教えた。

「あと、浪人たちの多くいる深川の奥に行かれるならば、お一人はおやめになったほうがよろしゅうござんすよ。ろくでもないやつが徒党を組んでおりますので」

「かたじけない」

親父の忠告に礼を述べて、賢治郎は煮売り屋を後にした。

岡場所で妓を買う代金は、安い。一夜の買い切りなどをすれば別だが、ことを終わらせるだけならば、売れっ子の妓でもないかぎり、百文も要《い》らない。

「さあさあ、いい妓がいるよ。今なら、線香二本で代金は一本分でいいよ」

岡場所での基本は、線香に火を付け、それが燃え尽きるまでを一区切りとし、まだ終わらなければ追加していく。

「山田が来ているか」

八幡宮前の岡場所阿波屋《あわや》の男衆が、後ろから声をかけられた。

「女じゃなく男ですかい。他所《よそ》をあたってくださいな」

振り向いた男衆が、拒んだ。

「……言え」

男衆の首に手が食いこんだ。

「……く、苦しい」

「山田は来ているか」

「こ、来られてやす。二階の広間の右隅」

細い声で、男衆が答えた。

「どんな着物だ」

「濃茶に黒の格子柄で」

男衆が必死に告げた。

「上条は」

「知りやせん。うちの客じゃ……」

そこまで言ったところで、男衆はあて落とされた。

「三平太《さんぺいた》、他所の見世を見てこい。山田は、儂《わし》がやる」

「承知」

黒鍬衆であった。

阿波屋の暖簾《のれん》をくぐった黒鍬衆へ、見世の男衆が気づいた。金を払わず逃げ出す客を見張るため、広間の出入りは一カ所に制限され、男衆が管理していた。

「お客さまで……」

問答無用と男衆のみぞおちを打ち、気絶させて黒鍬衆は広間を進んだ。

安い遊女に、部屋など与えられていなかった。何十畳という大広間を、敷きものごとに屏風《びょうぶ》で仕切っただけである。

その屏風も寝たら、かろうじて周囲から覗《のぞ》かれないていどの低いものである。立っている黒鍬衆からは、広間で女を抱いている客すべてが見えた。

「あれか」

広間の右隅で、妓を相手に腰を振っている客で、濃茶に黒の格子柄を身に纏《まと》った浪人は一人しかいなかった。線香一本という短い間で楽しもうと思えば、着物を脱いだりする暇はない。また、うかつに裸になれば銭入れなどを盗まれるおそれもある。裸になるのは遊女だけで、客はふんどしをはずすだけであった。

「そろそろ線香が終わるよ。もう一本立てておくれな」

甘えるように妓が言った。

「しゃべるな。もうちぃっとなんだ」

山田が妓を叱った。

「じゃあ、さっさとしておくれ」

断られた妓が、一気に腰を揺すった。

その一部始終を黒鍬衆は見ながら、山田の動きに息を合わせた。

「ふっ」

口から黒鍬衆が針を吹いた。針は山田の盆の窪《くぼ》へ突き刺さった。

「うるさい。気が散……」

そこまで言って、ふいに山田が妓の上へ倒れこんだ。

「すんだのかい。だったら、のいておくれ。重いよ」

妓が山田を揺すった。

「もう、しつこい」

動かない山田を、妓が突き飛ばした。力なく山田が妓のうえからずれ、屏風を倒した。

「なにしやがる」

隣の客が怒鳴った。

「おい、おい……死んでる」

山田の胸ぐらを摑《つか》んだ客が、あわてて離した。

「えっ。きゃあああああ」

妓が悲鳴をあげた。

その夜、八幡宮側の岡場所で三人の浪人者が変死した。

急ぎ江戸を出立させられた田中矢右衛門は、千住を出て、夜旅をかけた。

「宿場の飯盛女を味見したいところだが、藩命とあればいたしかたなし」

田中矢右衛門は、牧野成貞からできるだけ早く江戸から離れろと念を押されていた。

「旅費として三両もくれやがった。飯盛女なら十回は抱ける。館林の城下にも廓くらいあるだろう。そっちで楽しむしかないな」

懐《ふところ》の紙入れの感触を確認するかのように、田中矢右衛門が腹をさすった。

「送り狼もいないようだ」

後ろを振り返って田中矢右衛門が安堵《あんど》のため息を漏らした。

「口封じされるかと思ったが……さすがは将軍家お身内よ。下司《げす》なまねはなさらない。二百石が百五十石に減ったのは痛いが、まあ、ほとぼりが冷めるまで、田舎暮らしもよかろう。何年かすれば、呼び戻されるだろうしな。闇と繋《つな》がりのある俺は、便利だから」

田中矢右衛門が独りごちた。

「もう、不要なのだがな」

不意に頭の上から声が降ってきた。

「誰だ」

咄嗟《とっさ》に後ろへ飛んだ田中矢右衛門が、間合いを取った。

「ほう。なかなかいい動きだが……」

木の上から影が落ちながら、礫《つぶて》を投げた。

「痛い」

暗闇で礫を見つけるのは難しい。いくつかが田中矢右衛門の顔に当たった。

人というのは、顔になにかが当たる、近づいてくると思わず目をつぶってしまう。

これは本能であり、よほど意志を強くして目を開けるように努力しないと防ぐことはできなかった。

襲われると予想していなかった田中矢右衛門も、一瞬目を閉じた。

「……未熟」

落ちてきた影、一郎兵衛が田中矢右衛門が目を閉じた隙《すき》に、間合いを縮めた。

「……えっ」

あわてて目を開いた田中矢右衛門が、目の前にいる一郎兵衛を見て、絶句した。

「こいつ」

太刀《たち》を抜こうとしたが、近すぎてできなかった。

「うわっ」

あわてて逃げようとしたが、遅かった。

「死ね」

一郎兵衛の脇差《わきざし》が、田中矢右衛門の胸を貫いた。

「かふっっ」

咳《せ》きこむように息を漏らして、田中矢右衛門は死んだ。

「一、二……」

ゆっくり十数えてから、一郎兵衛が脇差を抜いた。ほんのわずか血が噴いたが、すぐに流れるだけになった。

「見たか」

「はい」

一郎兵衛の後ろから、若い黒鍬者が現れた。

「心の臓を刺して、すぐに抜くと血が噴き出し、返り血を浴びる。それを防ぐには、心の臓が完全に止まるまで待つ」

「はい」

すなおに若い黒鍬者がうなずいた。

「礫の遣いかたもわかったであろう。黒鍬の礫は、もともと山中において、蛇や狼などを追い払うためのものだ。どうしても殺傷力には劣る。だが、ああやって、顔を狙えば、熊といえども目をつぶる。一瞬とはいえ、相手はこちらを見失う。その隙に、攻撃をしかけるなり、逃げるなりすればいい」

「ありがとうございまする」

深々と若い黒鍬者が頭を下げた。

「死体の始末の仕方はわかっているな」

「はい」

「では、任せた」

一郎兵衛が、倒れた田中矢右衛門から背を向けた。

「組頭」

若い黒鍬衆が弱い声を出した。

「なんじゃ」

「用がすめば、弊履のごとく捨てられるどころか、始末される。我ら黒鍬もそうなるのでは……」

懸念を若い黒鍬者が口にした。

「達蔵《たつぞう》。大丈夫じゃ。右馬頭さまが伝、いや、もうお伝の方さまとお呼びせねばならぬな……をご寵愛の限り、その心配はない」

「しかし、女への寵愛はいつか醒《さ》めまする」

「その前に、子ができる。正室をお迎えでなく、他に側室もいない今、お伝の方さまが、男子を産まれれば、館林家の跡取りである。そして、右馬頭さまが、五代将軍となられれば、その男子が六代さまになられる。我ら黒鍬の血を引くお方が将軍となられるのだ」

夢を一郎兵衛が語った。

「そううまくいきましょうか。伝はまだ子供でございまする。月の印を見てまだ半年、身体《からだ》もおさない。とても子供をすぐには望めますまい。その間に、別の女が殿のご寵愛を受け、子供を産んだら……」

最後まで若い黒鍬者は言わなかった。

「産ませると思うか」

一郎兵衛が、冷たい声を出した。

「右馬頭さまの子を産むのは、お伝の方さまだけ」

「…………」

若い黒鍬者が息をのんだ。

「我らが、このままでよいと思ってはおるまい」

「……はい」

達蔵がうなずいた。

「譜代席でありながら、十二俵一人扶持《ぶち》の薄禄。これでどうやって食べていけというのだ。そのうえ、武士ではない身分。皆、甲州武田家に仕えていたころから、もっている名字を名乗ることさえ許されぬ。戦国の世、人外の者、化生の者とさげすまれた伊賀者でさえ、同心、名字帯刀できているというのにだ。城攻めで功績があり、武田信玄公から感状までいただいた我らが、中間《ちゅうげん》あつかい」

「…………」

血を吐くような一郎兵衛の言葉に、達蔵が沈黙した。

「このまま、子々孫々まで虐げられていくのか」

「嫌でござる」

達蔵も同意した。

「この境遇から抜け出るには、なにがいる」

「功績」

「であろう。そして、我らはお伝の方さまをつうじて右馬頭さまと縁ができた。ようやく手柄を立てる場ができたのだ。我ら黒鍬の力をもって、右馬頭さまを将軍へと押しあげる。それをなせれば、功績第一。それこそ望みはなんでもかなうぞ」

「なんでも……」

「そうじゃ。同心などよりはるか上、与力、いや、旗本も夢ではない。もう雨の日に傘もさせる、寒ければ袴《はかま》もはける。なにより、腹一杯に飯が喰える」

「…………」

聞いていた達蔵が唾《つば》を飲みこんだ。

「わかったであろう。さあ、急げ。他人目《ひとめ》につく」

「はっ」

達蔵が田中矢右衛門を担いだ。

「懐に金がある。館林家の家老、牧野成貞さまよりのお気遣いだ。若い者たちでなにか喰え」

「かたじけのうございまする」

一郎兵衛の話に、達蔵が喜んだ。

三

翌日、深川八幡宮の岡場所へ出向いた賢治郎は、三人の浪人が死んだことを知った。

「遅かったか」

煮売り屋の親父の忠告にしたがわず、無理にでも行っておけばよかったと後悔したが、後の祭りであった。

「なんとしてでも手がかりを」

賢治郎は、貧乏浪人たちが巣くう長屋があるという、深川の奥へと歩みを進めた。

「おい」

後をつけていた黒鍬者八郎太《はちろうた》が、繁介《しげすけ》へ声をかけた。

「人気《ひとけ》のないところへ行くぞ」

「罠《わな》ではないのか」

伊平《いへい》が警戒した。

「その怖《おそ》れはあるな」

八郎太も同意した。

「深川へ来てみたら、訪ねるべき浪人どもは皆殺されている。これでみょうだと思わないはずはない」

「己がつけられていることに気づいたか」

繁介がじっと賢治郎の背中を見た。

「見つめるな。背筋は気配を読み取られる。見るなら草鞋《わらじ》の裏にしろ」

うかつな繁介を八郎太が叱った。

「すまぬ」

あわてて繁介が目をそらした。

「……………」

一瞬で外れたとはいえ、賢治郎は背中に浴びせられた不躾《ぶしつけ》な眼差《まなざ》しに気づいた。

「なにやつだ」

つぶやいた賢治郎は、後ろを振り返るような愚はおかさなかった。

「先回りされたか」

賢治郎は、浪人者たちの殺害をそう読んだ。

「数は……わからぬ」

気配を感じようと背中に意識を集中してみたが、さきほどの眼差しも探せなかった。

「誘うか。途切れた手がかりの代わりだ」

家綱へ許しを請うための手土産がどうしても要ると賢治郎は焦っていた。深川に土地勘はなく、地の利をもたないとわかっていながら、わざと賢治郎は、小さな路地へと入った。

「気づかれたな」

八郎太が苦い顔をした。

「どうしてわかる」

若い繁介が不満そうな顔をした。

「今まで、周りを見ながら歩いていた。あれは、このあたりをよく知らないか、もしくは目的がないかだ。しかし、さきほどの曲がるときには、まったくためらいがなかった」

文句を言いたそうな繁介へ、八郎太が説明した。

「なるほどの」

伊平がなっとくした。

「要悟《ようご》、小太郎《こたろう》、二人は大回りして、先に出ろ。あの路地は突き当たりが水路で、右か左に行くしかない。左に曲がれば、もとへ戻ることになる。おそらく右へ小納戸《こなんど》は行くはずだ」

「承知」

「おう」

ずっと黙っていた二人の黒鍬者が走り出した。

「伊平、少し離れて付いてきてくれ。我らを見張る者がおるやも知れぬ」

「任せろ」

うなずいて、伊平が足を止めた。

「さて、ご期待にそって追うぞ。繁介、ついてこい」

「わかった」

すなおに繁介がしたがった。

埋め立て地として造られた深川は、水はけが悪い。わずかの雨で道はぬかるみ、長雨でもあれば、たちまち家のなかまで水が入ってくる。

それを防ぐ意味もあって、深川には縦横にいくつもの水路が設けられていた。

見知らぬ辻を曲がった賢治郎は、少し歩いたところで、水路に前を遮られた。

「…………」

左右を見て、賢治郎は迷った振りをしながら、背後の気配に注意していた。

「……来たか」

堂々と近づいてくる二人の姿を目の隅に入れた賢治郎は、水路に沿って右へと曲がった。

狭い路地で前後を挟まれるなど、心得がないにもほどがある。

「右へ曲がった」

繁介が歓声をあげた。

「……」

対して八郎太は、難しい顔をした。

「なにか」

「我らの姿を見るなり、右へ行った。状況が見えているな。挟み撃ちにされることを嫌ったか」

「えっ。要悟らで挟み撃ちにできたではないか」

「形はな。できれば、この路地で待ち伏せしてくれればよかったのだ。さすれば、当初は二人対一人で戦うが、やがて遠回りしている要悟たちが、間に合う」

「どうちがうのだ」

わからないと繁介が問うた。

「ここならば逃げ場はない。左右は家並みでふさがれておる。このようなところで挟まれれば、衆寡敵せずとなる。しかし、あちらへ曲がれば、話は変わる」

「水路か」

繁介が気づいた。

「そうだ。かなわぬと思えば、水に逃げればいい。我ら黒鍬に飛び道具はないにひとしい。それを知っておるのだ」

「数馬がやられたおりのことか」

「ああ。我らの正体までは知られておらずとも、武器を一つ見られたのだ。その不利を考えて動け」

「……わかった」

真剣な顔で繋介が首肯した。

水路に沿って進んだところで、賢治郎は、前から来る人影を認めた。

「挟み撃ちにする気か」

賢治郎は、足を止めた。

「こちらから仕掛けるべき」

一瞬で賢治郎は判断した。今ならまだ挟まれていない。まず、前の二人を片付けてから、後ろから来る者と対峙《たいじ》するのが、常道であった。

「よし」

賢治郎は懐から手ぬぐいを出すと、首筋へと巻いた。

剣士としての動きであった。

太刀を抜きながら、賢治郎は走った。

「なっ」

要悟が驚愕した。

「来るぞ」

小太郎が、懐へ手を入れて、礫を出した。

「おう」

合わせて、要悟も礫を握るなり、投げた。

「やはり、先日、師たちが退けた連中」

顔目がけて来る礫を太刀と手で防ぎながら、賢治郎は理解した。

防ぎきれない礫が、いくつか当たるが、目さえ守れていれば、さしたる問題ではなかった。首は気にしなくてよかった。手拭《てぬぐ》いだけでも、礫は確実に致命傷ではなくなる。

「こいつっ」

間合いが五間（約九メートル）をきったところで、二人の黒鍬者が礫をあきらめ、脇差を抜いた。

「行くぞ」

先に飛び出したのは小太郎であった。脇差をまっすぐ突き出すようにして、駆けた。

「ふん」

足を止めることなく、賢治郎は太刀を薙《な》いだ。

「なんの」

屈《かが》んで太刀の下をくぐった小太郎が、そのまま脇差で突いた。

「もらった」

勝ちを小太郎は確信した。

「甘い」

賢治郎は小太刀の遣い手である。脇差の動きを読んでいた。

外された薙ぎを、その場で手首を返すことで、刃先を下へ落とした。

「ぐえっ」

小太郎の左肩が飛んだ。

両手で脇差を摑んでいた。その左手の支えを無理矢理離された。刀と柄《つか》を握ったまま錘《おもり》となりはてた左腕の重さを右手一本で維持するのは無理であった。小太郎の脇差の先は左へとずれ、そのまま賢治郎へ届かず、流れた。

「うわっ」

体勢の崩れは、肩を失った痛みでうめく小太郎にはたてなおせなかった。そのまま小太郎が転がった。

「小太郎」

続こうとしていた要悟だったが、目の前に仲間が倒れたのを見て、躊躇《ちゅうちょ》した。

「どうする。仲間を抱えて引くというならば、見逃してくれるぞ」

賢治郎は、少し間合いを空《あ》けた。

「今なら、血止めをすれば助かろう」

「………」

要悟が逡巡《しゅんじゅん》した。

「ならぬ」

背後から制止の声がした。

八郎太と繁介が近づいていた。

「このまま逃がすようなことがあれば、責任を問われるぞ」

「しかし、小太郎が……」

呻《うめ》きながら右手で左肩の傷口を押さえる小太郎へ、要悟が目をやった。

「助からぬ」

はっきりと八郎太が断言した。

「医者にかかるだけの金もない。もし、生き延びても、このあと続けていくことはできぬ」

「ぐっ」

要悟が詰まった。

「止《とど》めを刺してやれ。長引かせてやるな」

八郎太が促した。

「…………」

顔をしかめた要悟だったが、すぐに脇差を逆手に握ると小太郎へ向けた。

「た、頼む。父と母を……」

荒い息のなかから小太郎が言った。

「承《うけたまわ》った」

うなずいた要悟が、脇差を突き立てた。

「ぐっ」

小太郎が絶息した。

「こやつがあああ」

脇差を小太郎の首から抜いた要悟が、賢治郎を睨《にら》んで吠えた。

「まだだ」

憤怒の勢いで斬りかかろうとする要悟を、八郎太が制した。

「なぜでござる」

「訊《き》かねばならぬことがある」

八郎太が、賢治郎を見た。

「きさま、紀州公となんの話をした」

「…………」

賢治郎は、予想どおりの問いに答えなかった。

「上様よりなにを命じられた」

続いての質問にも、賢治郎は沈黙した。

「きさまの正体はわかっているのだ。紀州公と会っていたこともな」

「…………」

賢治郎は無言を貫いた。

「この」

「待て」

我慢しきれなくなった要悟が、制止の声を無視して襲いかかった。

「ふっ」

抜くように息を吐いて、賢治郎は迎え撃った。

「死ね」

要悟が、大きく振りかぶって頭上に掲げた脇差を落とした。

「…………」

ほんのわずかだけ、賢治郎は上体を後ろへ反らし、脇差をかわした。

脇差と太刀では、間合いが違う。一尺（約三十センチメートル）とまではいかないが、八寸（約二十四センチメートル）ほど太刀が長い。

三寸（約九センチメートル）の見切りができる賢治郎にとって、この差は大きかった。

見切りとは、斬りつけてくる切っ先と、己との距離がどれだけ離れているかをはかることである。三寸といえば、かなり大きいように見えるが、白刃の動きは疾い。さらに相手の足の踏みこみぐあい、肩の入り、切っ先の伸びもかかわってくる。これらを一瞬のうちで計算しなければならないのだ。しかも、命をかけた真剣勝負の最中にである。一寸（約三センチメートル）の見切りができるのは、よほどの名人上手であった。

「えっ」

手応えのなさに、要悟が驚いた。

「愚かな」

あわてて八郎太が、援護に出ようとした。

「ぬん」

賢治郎は、はずれた脇差を踏みこえるようにして、前へ出ながら、太刀を小さく振った。

「な、なにっ」

あわてて後ろへ跳ぼうとした要悟の首から血が噴き出した。

「要悟」

繁介が大声を出した。

「おうりゃ」

八郎太が、脇差で賢治郎の背中を追い撃ったが、届かなかった。

「しまった」

かわされた脇差を八郎太が素早く引き戻した。

「な、なんで」

二人の黒鍬者が血に濡れて死んだ。繁介が呆然《ぼうぜん》とした。

「繁介。戻れ」

八郎太が脇差の切っ先を賢治郎へ向けたままで、命じた。

「馬鹿を言うな。仲間を殺されて、おめおめ帰れるか」

真っ赤になって、繁介が反論した。

「全滅したら、どうする。誰が、こいつの腕を報告するのだ。次のためだ」

「なら伊平が……」

「もう一人いるのか」

賢治郎は、周囲に目を配った。

「ちっ」

「あっ」

舌打ちをした八郎太に、繁介が気まずい顔をした。

「忍にしてはうかつな。きさまら、何者だ」

「黙れ」

詰問する賢治郎へ、八郎太が怒鳴った。

「袴を身につけていない。士分ではない。しかし、脇差一本とはいえ、真剣を腰に帯びている。中間とも思えぬ」

賢治郎が検分した。

武家奉公の小者でもある中間は、木刀一本を腰に差すのが普通である。

「戻れ、繁介。伊平とともに報せよ」

「……承知」

もう抗弁はできなかった。すなおにうなずいて繋介が走り出した。

「残ったおぬしはどうするのだ」

「ときを稼ぐ」

八郎太が脇差を右手だけで持ち、切っ先を真下へ向けた。

「若い者を生かすのが、歳上《としうえ》の役目だ」

「そのために犠牲となるか」

感嘆しながら、賢治郎は太刀を青眼に構えた。

「若い者は成長する。今ここで死ねば、あいつの生涯はそれだけだった。しかし、生きていれば、なにかをしてのけるやも知れぬ」

言いながら八郎太が間合いを詰めてきた。

「……………」

賢治郎は無言で応じた。これ以上の会話は無駄だとわかった。そして、己を犠牲にしてでも、未熟な若者を生かそうとする行為に、敬意を払うべきと考えたのだ。

二人の間合いが二間（約三・六メートル）になった。どちらかが動けば、相手に切っ先の届く、一足一刀の間合いである。

つま先で地を削るようにして、左足を踏みだし、少しずつ八郎太の姿勢が低くなっていった。

「……ほう」

目をすがめて、賢治郎は八郎太を見た。大きな目を開けて相手を注視すると、瞳が早く乾く。乾けば瞬《まばた》きをしなければならない。一瞬とはいえ、瞬きは相手の姿から目を離すと同義なのだ。

賢治郎もゆっくりと腰を落とし、足場を固めた。

やがて、八郎太の頭が、賢治郎の胸の下くらいの位置まで下がった。

「はっ」

鋭い気合いを発して、八郎太が曲げていた足首、膝《ひざ》、そして腰を一気に伸ばした。

低い位置から斜めへと急激にあがった脇差が、賢治郎の胸を襲った。

「ぬおっ」

賢治郎も太刀をまっすぐに振り落とした。

前へ進むのと、上から落ちるのと、疾さの違いはそこだけにしかなかった。賢治郎の太刀が、八郎太の脇差を真上から叩いた。

「うっ」

太刀の重さを加えた一撃に、八郎太の脇差が折れ飛んだ。

「……えいっ」

脇差と当たったことで勢いを殺した太刀を、賢治郎はそのまま突きだした。

間合いの不利をなくすため、極限にまで身体の筋を使いきっていた八郎太になすすべはなかった。

「かくっ」

頭蓋骨を太刀で貫かれた八郎太が白目を剝いて即死した。

「………」

八郎太の死を見てなお、賢治郎は警戒した。

真剣での戦いで、一人倒してほっと息を抜いた瞬間が、なによりも危険であった。

普段ならなんの問題もなく避けられた攻撃をまともに喰らうこともある。命のやりとりに卑怯も未練もない。死人は、生者を罵《ののし》ることさえできないのだ。どのような形にせよ、真剣勝負で油断した者は、剣士として嘲笑されて当然であり、代償は己の命となる。

賢治郎は周囲に目を配り、なんの気配もないことを確認して、ようやく太刀の手入れに移った。

鉄の塊《かたまり》である太刀に、血は厳禁であった。武器として矛盾きわまりないが、日本刀ほど戦いの後での手入れが要るものはない。もし、なにもせずに、鞘《さや》へ戻したとすれば、まず数日で錆《さび》が浮く。錆は、表面だけでなく、奥へも進む。刀身に浮いた錆は、研ぎに出せば綺麗《きれい》になるが、なかに染みこんだものまでは取れない。そして、なかで拡がった錆は、いつか刀をぼろぼろにしてしまう。錆が隠れていることを知らずにいれば、相手と撃ち合っただけで、太刀が折れることもある。真剣勝負の最中に、得物《えもの》が折れる。それは死を意味していた。

まず懐から紙を出し、大まかに血や脳漿《のうしょう》など取り去り、そのあと鹿の裏皮をなめしたもので、ていねいにこする。

刀身の曇りが消えるまで拭った後、刀身を観る。ひびや欠けなどがあれば、研ぎに出さなければならない。

十分に点検してから、賢治郎は太刀を鞘へ戻した。

「……………」

遺体を片手拝みにしたあと、懐を探った。

「やはりなにもないか」

身元を示すようなものを持った刺客などありえるはずもないとわかってはいたが、藁《わら》にもすがる思いの賢治郎は、嘆息をもらした。

「こちらを調べることができれば……」

賢治郎は足下に落ちている礫を拾いあげた。

四

一部始終を指呼の距離で見ていた男がいた。賢治郎が気づかなかったのも当然であった。男は、水路のなかに潜んでいた。

「…………」

賢治郎の姿が、辻を曲がるのを待って、水路からあがった男は、死んでいる黒鍬者の衣装から身体まで検《あらた》めた。

「この肉のつきようは、あまりまともに飯を喰っていないな」

男は頼宣が賢治郎の見張りとしてつけた根来者であった。

「礫と脇差、名字のない者……黒鍬か」

すぐに根来者は正体を見抜いた。

「報せに戻らねばならぬな」

根来者は、賢治郎が善養寺へ入るのを見届けて、紀州家上屋敷へと帰った。

「導師」

上屋敷の片隅の長屋を見張り役が訪れた。

「なにかあったのか」

初老の根来者が応対した。

見張りとして付けられた者が、屋敷へ戻る。一人で判断できないことがおこった証明であった。

根来修験を祖とする根来者は、組頭とはいわず、導師と呼んだ。もっとも、紀州藩の正式な役職としては、根来同心肝煎《きもい》りという。

「さきほど……」

見張り役の根来者が語った。

「見せよ」

導師が手を伸ばして、礫を要求した。

「これが黒鍬の礫か。忍としては遣えぬな」

数回転がしただけで、導師が断じた。

「黒鍬が小納戸を襲うか。そういえば、黒鍬の娘が館林の側室に入ったと聞いた」

「…………」

忍の本質は使役されることである。己の意見を口にすることはない。見張り役の根来者は、黙って新たな指示を待った。

「そなたは、そのまま続けよ」

「黒鍬への対応は」

「今のところはするな。殿へ伺ってから、あらたに変更あれば報せる」

「はっ」

言われた見張り役の根来者が消えた。

導師は、その足で家老三浦長門守へ会いに行った。

「……ほう。わかった。殿にご報告をいたす。ついてこい」

三浦長門守が根来者を誘った。根来者の身分は低い。藩主への目通りは許されていなかった。直接の受け答えもできなかった。

「おもしろいことでもあったか」

珍しい組み合わせに、頼宣が少し目を大きくした。

「このような……」

概略を三浦長門守が告げた。

「ほう」

新しいおもちゃを見つけた子供のように、頼宣が身を乗り出した。

「黒鍬とは忍なのか」

頼宣が問うた。

「どうなのだ」

三浦長門守が、導師へ問うた。

「いいえ、黒鍬は忍とは違いまする」

「違うそうでございまする」

導師の否定を、三浦長門守が頼宣へ伝えた。

目見えできない者との会話は、こうやって仲介しなければならない。

「面倒だの」

頼宣があきれた。

「直答《じきとう》を許す」

「畏《おそ》れ多いことでございまする」

根来者は、藩主の居間である書院に入るどころか、廊下にあがることも認められていない。庭に額を押しつけて、導師が平伏した。

「そこでは遠いの」

立ちあがった頼宣が、縁側に座を移した。

「で、黒鍬とはなんだ」

「黒鍬とは山師、あるいは普請《ふしん》方のことでございまする」

顔を地面につけたまま、導師が説明した。

「そんな者が、幕府にまだおるのか。今さら、金山などどこにも隠されていないだろうに」

聞いた頼宣が首をかしげた。

「ご存じございませぬか。殿もご覧になられておられるはずでございまする」

三浦長門守が口を挟んだ。

「黒鍬をか」

「はい。登城の折に行列を差配しておる小者でございまする」

「おおっ。あれが黒鍬か」

頼宣が手を打った。

黒鍬者の任の一つに、登城行列の整理があった。

江戸中に大名屋敷を散らせているとはいえ、行列の目的は江戸城の大手門一カ所なのだ。そのうえ、大名の登城日と時刻もだいたい同じと決まっている。江戸城へ近づけば、大名行列の数が増え、混雑する。

下手《へた》すれば、四つ辻へ三方向から同時に行列が突っこんでくることもあるのだ。あからさまに格の差があるときはまだよかった。老中や御三家がいれば、皆先を譲る。

問題は、家格が近い場合と遺恨のある家柄同士がかち合ったときだ。

行列の差配をする供頭にしてみれば、命がけになる。もし、後塵《こうじん》を拝するようなことになったら、「恥をかかせた」と藩主の怒りを買い、よくてお役ご免、場合によっては切腹にもなりかねない。

事実、幕府設立当初は、よく行列同士の衝突があり、流血どころか死者も出た。天下の城下町での騒動を憂慮した幕府は、江戸城に近い辻ごとに、黒鍬者を配置し、行列の侵入を差配させた。

身分の軽き黒鍬者とはいえ、幕府の役人である。行列の供頭はそれにしたがわざるを得ない。こうして、登城のもめごとは激減した。

「ふむ。その黒鍬が深室を襲ったというか。相手にならなかったであろう」

頼宣が笑った。

「仰せのとおりにございまする」

「根来なら、倒せるな」

「はい」

問われた導師がはっきりと述べた。

「何人いる」

静かに頼宣が訊いた。

「必殺を期するならば、五名」

導師が答えた。

「準備はしておけ」

冷たく頼宣が命じた。

頼宣の前から下がった導師が、赤坂御門外の紀州家中屋敷へ忍びこんだ。

「安藤帯刀さま」

導師が、屋敷の天井裏から声をかけた。

「根来者か」

すぐに安藤帯刀が気づいた。

「殿が気にかけておられまする小納戸を館林公の手の者が襲ったよし」

「そうか。で、殿はなんと」

「別段手出しをするなと」

安藤帯刀とも、導師は繋がっていた。

「そろそろどうだ」

「……まだ時期は早いかと」

導師が答えた。

「殿ももう六十歳をこえておられる。あと藩主として君臨されたところで、そう長くはない。それを少しお縮め申すくらい、根来にならば容易であろう」

「……………」

「このまま殿のお好きにさせていれば、家が潰れるぞ。事実、一度は潰されかかったのだ。今度なにかあれば、幕府も許すまい。藩がなくなれば、根来者はどうなる。戦《いくさ》のなくなった今の時代、忍は不要じゃ。どこも拾ってはくれぬぞ」

「承知しておりまする。しかし、まだ、殿の運気は盛んでございまする」

促す安藤帯刀へ、導師が告げた。

「運気か。そのような目にも見えぬもの」

安藤帯刀が不満な顔をした。

「いえ、気はおろそかにできませぬ。かの神君家康公でさえ、天下をお取りたまう運気は六十一歳まで調《ととの》いませなんだ。そして殿も、六十一歳」

「な、なにを」

真剣な顔でいう導師に、安藤帯刀が息をのんだ。

「殿が天下を手にすると」

「そこまではわかりませぬ」

しずかに導師が首を振った。

「しかし、今年、殿の運気が高まっておるのはたしかでございまする」

「馬鹿な。この話は誰かにしたか」

「殿へは春に国元で別の者がお話し申したはずでございまする」

紀州にも根来組はあった。

「それでか。本来より早い出府は」

安藤帯刀が納得した。

昨年十年ぶりに家綱に願って帰国を許され、紀州へ帰った頼宣は、一年経《た》たずして江戸へ戻ってきた。

「まずいぞ」

苦い表情で安藤帯刀が口にした。

「動かれますでしょう」

導師も同意した。

「止められぬ」

小さく安藤帯刀が首を振った。

すでに家康からつけられた安藤正次《まさつぐ》ら、頼宣を制することのできる家臣たちは死んでいた。

家康にその気性を愛され、最後の戦国武将と言われた頼宣へ意見できる者などどこにもいない。

「根来者……」

「無理を仰せになられまするな」

導師が嫌がった。

「吾は、若殿さまの先を見こしてこちらについておりまするが、組内のなかには、殿に心酔している者も少なくありませぬ。一枚岩でない根来組で、殿を害し奉るなど無理でございまする」

「ならば、手足をもぐ。長門守をやれ」

「悪手でございまする」

「なぜだ。長門守は殿の懐刀。失えば、少しは大人しくなられるはずだ」

安藤帯刀が問うた。

「長門守さまが不審な死にかたをしたならば、殿が黙っておられませぬ。どのようにしてでも、手を下した者を探し出されましょう」

「根来者を何人か、生け贄《にえ》にすればいい。一部の暴走と……」

言いかけて安藤帯刀が口をつぐんだ。

「そのていどですませてくださるほど、甘いお方ではございませぬ。根来者だとわかれば、我ら根絶やしにされまする。いや、国元の根来寺さえも焼かれましょう」

震えながら導師が言った。

「そのようなことは、若殿がおさせにならぬ」

「まだ紀州の当主は殿でございまするぞ」

否定する安藤帯刀へ、導師が告げた。

武家では当主が絶対である。

「若殿を廃嫡なさってでも、おやりになりましょう」

「ううむ」

安藤帯刀が唸《うな》った。

光貞には九歳下の弟頼純《よりずみ》がいた。光貞を廃しても、紀州家の存続に問題はなかった。

「しかし、このまま野放しというわけにはいかぬぞ、将軍の密使といわれている小納戸とのかかわりもある。まさかと思うが、上様となんぞ密約をかわされてはおるまいな」

「わかりませぬ。殿が人払いを命じられましたゆえ、聞き耳は立てられませなんだ」

導師が頭を下げた。

「殿と上様の繋がり……そうじゃ、それを断て。小納戸を殺せばいい。さすれば、殿と上様の間は切れる。それにあちこちから狙われている小納戸ならば、死しても、それが根来の仕業《しわざ》とはわかるまい」

「たしかに」

提案した安藤帯刀に、導師が手を打った。

「小納戸の死を知った殿がどうされるか。それによって、こちらの手立ても変えなければならぬ。目を離すな」

「承知いたしましてございまする」

導師が平伏した。

第五章　絆ふたたび

一

三弥は朝から身体《からだ》の熱っぽさとだるさに襲われていた。

「お嬢さま」

逃げ出さないようにとの見張りをかねて側《そば》についていた女中が、三弥の異変に気づいた。

「お医者さまを」

「落ち着きなさい」

あわてる女中を三弥がたしなめた。

「ですが……」

「母を」

三弥が女中に命じた。

女中を去らせて、三弥が裾《すそ》をめくった。

「月のもの」

三弥の白い内股《うちもも》に赤いものが伝わっていた。

「賢治郎さま……」

不安そうな表情で、三弥が呟《つぶや》いた。

阿部豊後守忠秋の使いが深室家を訪れたのは、三弥が初潮を迎えた日のことであった。

「小納戸《こなんど》深室賢治郎さまへ、主《あるじ》がお目にかかりたいと申しております。まことにお手数ではございまするが、屋敷までお出で願いたい」

「は、はい。ただいま、本人他行しておりますれば、後ほど向かわせまする」

非番で屋敷にいた深室作右衛門は、老中の使者を前に緊張しながら、応じた。

「では、今宵《こよい》、暮れ六つ（午後六時ごろ）にお待ちいたしておりまする」

念を押して使者が帰った。

「三弥、三弥」

使者を見送った作右衛門が、娘の居室へ足音も高くやってきた。

「……………」

横たわっていた三弥が、夜具の上に身体を起こした。

「どうしたのだ」

三弥の様子に、作右衛門が気づいた。

「おめでとうございまする」

女中が、祝を口にした。

「なにがめでたいのだ」

「お嬢さまに、女の印が……」

「これっ」

三弥が止めるまもなく、女中がしゃべってしまった。

「月のものだと」

作右衛門の声の調子が低くなった。

「どういうことだ」

「……女になりましてございまする」

「抱かれた、賢治郎との子がいると言ったではないか」

「倒れそうになったので、抱きかかえてもらっただけで、子がいるなどと言ってはおりませぬ」

淡々と三弥が告げた。

「こやつ……」

怒りで、作右衛門の顔色が赤く変わった。

「少し、辛《つろ》うございまする。御用がなければ、失礼して横にならせていただきたく」

暗に出て行って欲しいと三弥が言った。

「今は、そなたを叱っている場合ではない」

作右衛門が苦い表情をした。

「賢治郎の居場所を教えよ」

「知りませぬ」

即座に三弥が拒んだ。

「違うのだ。賢治郎になにかいたすわけではない。ご老中阿部豊後守さまが、今宵賢治郎と会いたいと先ほど使者をくださったのだ。ご老中さまのお屋敷へ招かれる。これは、賢治郎が、咎人《とがにん》ではない証拠である」

娘へ事情を作右衛門が述べた。

「…………」

疑いの眼差《まなざ》しを三弥は父へ向けた。

「御上へ願っていた賢治郎の絶縁届けもすぐに取り下げる」

「まことでございまするか」

「うむ」

確認する三弥に、作右衛門がうなずいた。

「どこにおられるかは、存じませぬが、ご連絡は取れるやも知れませぬ」

三弥が立ちあがろうとして、ふらついた。

「お嬢さま」

女中が急いで支えた。

「大事ない」

「そのようなお身体で無理をなされてはいけませぬ」

　強く女中が制した。

「月のものは病でないともうしまするが、始まった当初は身体がなれておりませぬゆえ、かなり辛いもの。どうぞ、お休みを」

「そうは言ってられなくなりました」

　女中の手を三弥が振りほどいた。

「申せ。人を行かせる」

「追い出したに近い、深室の家の者が行ってどうしようと」

　三弥が冷たく作右衛門へ返した。

「ならば、そなたでも同じであろう」

「わたくしは、賢治郎どのの妻でございまする」

　強い口調で三弥が宣した。

「女は嫁して夫にしたがうもの。わたくしは、実家からも捨てられた賢治郎どの唯一の家族」

「家付き娘の、そなたこそ深室なのだぞ」

「深室は父上さまのもの。わたくしのものではございませぬ。わたくしが深室だと言われるならば、家を継がせていただきますよう」

戦国の世、跡取りのいないとき、あるいはいても幼いとき、女が家を預かったことはあった。しかし、幕府は女の当主は認めていない。三弥の願いは、とおるはずのないものであった。

「無理を言うな」

「ならば、わたくしは深室ではございませぬ。主君である上様にとって、家を継いだ者こそ深室でございましょう」

「…………」

正論であった。使うほうから言えば、血筋などどうでもいいのだ。その者が、忠節をつくし、禄に合うだけの働きをしてくれれば、実子だとか、養子だとかはかかわりのないことである。

「そもそもわたくしは、身体の用意が調《ととの》えば、賢治郎どのの妻となる約定でありました」

「……わかった。賢治郎が戻れば、そなたたちの祝言をおこなう」

作右衛門が折れた。

「お違えありませぬな」

言質を取って、三弥が告げた。

「寛永寺そばの善養寺に、賢治郎どのの剣術の師がおられるはずでございまする」

「おい。清太《せいた》を」

賢治郎付きとされている中間《ちゅうげん》を、作右衛門が使いに行かせた。

「これ以上は、わたくしにできることではございませぬ」

夜具へ横たわりながら、三弥が目を閉じた。

清太は走っていた。清太は賢治郎が小納戸月代御髪《さかやきおぐし》係となってから、おつきの中間となった。連日務めである月代御髪として、毎日登城する賢治郎の供をすることで、その人柄になじんでいた。中間だからといって怒鳴りつけたり、道具扱いしたりしない賢治郎は主として付き合いやすい人物で、清太は気に入っていた。その賢治郎が、ようやく屋敷へ戻ってくるのだ。清太が急いだのも無理はなかった。

「深室家より参りました。清太と申しまする。賢治郎さまは」

善養寺の本堂へ駆けこんだ清太が、叫ぶように言った。

「大声を出すな」

奥から出てきたのは、住職の巌海和尚《おしょう》ではなく、巌路坊であった。

「住職さまでございまするか」

清太が頭を下げた。

「いいや。寄宿している流れ僧だ。住職ならば、法要で留守じゃ。昼には帰ってくるぞ。出直してこい」

巌路坊が手を振った。

「あのこちらに深室賢治郎さまは」

「あやつならば、朝早くから無駄を重ねに出て行ったぞ」

「どこへ」

「知らぬ」

問う清太を冷たく巌路坊が突き放した。

「どうしても賢治郎さまにお目にかからねばならぬのでございまする」

「暮れ六つ（午後六時ごろ）になれば戻ってくる」

「それでは間に合いませぬ」

清太が必死ですがった。

「深室の家を追い出されたと聞いておるぞ」

「…………」

言われて清太が言葉を失った。

「帰って御当主どのへ伝えるがいい。あまりつごうのよいまねばかりしておると、後生はよくないとな」

厳路坊が背を向けた。

「ご老中さまのお呼び出しが」

「家を出された者にはかかわりなかろう」

振り返りもせず、厳路坊が拒んだ。

「なにより、お嬢さまのお身体に印が参ったのでございまする」

叫ぶように清太が告げた。

「ほう」

足を止めた厳路坊が、振り返った。

「それは一大事じゃの」

厳路坊が清太に近づいた。

「できるだけ早く、行かせる。奥方さまには、しばしお待ちをとお伝えいただこう」

「お願いできましょうか」

「馬鹿弟子の面倒をみるのも師の仕事じゃ。さあ、もう帰れ。心当たりをしらみつぶしに探してくる。ときが惜しい」

清太を置いて、厳路坊が善養寺を出て行った。

「なんという御坊であるか」

残された清太が唖然《あぜん》とした。

二

厳路坊は、深川で賢治郎を探した。賢治郎から深川での戦いのことなどを聞いていたからである。

「このあたりで、見かけなかったかの」

道行く人に問いながら、厳路坊は深川を歩いた。

「ああ。さきほど、八幡さま前の煮売り屋で身形《みなり》のいいお侍さまを見かけましたよ。あのような方が、煮売り屋に入っていくなど珍しいなと思いましたので、よく覚えておりまする」

何人目かの行商人が教えてくれた。身分ある武家は、外食をしなかった。屋台や煮売り屋で飯を喰《く》うのは、御家人あるいは中間、浪人者くらいと相場が決まっていた。

「すまぬな」

合掌して礼を述べた厳路坊が、八幡宮へと急いだ。

「このようなところで、飯を喰っていたのか」

厳路坊はすぐに賢治郎を見つけた。

「賢治郎」

「師。どうしてここへ」

どんぶり飯にくらいついていた賢治郎が驚いた。

「深室から迎えが来ておる」

「…………」

ゆっくりと賢治郎が箸《はし》を置いた。

「帰るわけには参りませぬ」

「事情が変わった」

淡々と厳路坊が告げた。

「……事情」

賢治郎が首をかしげた。

「女房どのが、女になったそうじゃ」

「……なんのことで」

「こういう奴であったな」

厳路坊が嘆息した。

「子を産める身体になった」

「……えっ」

大きく賢治郎が目をむいた。

「そうなれば、祝言をあげるという話であったろう」

「たしかにさようではございましたが……今は」

賢治郎が小さく首を振った。

「家を追い出されたゆえ、その約定も破棄されたというか」

「……はい」

「たわけっ」

煮売り屋の親父が跳びあがるほどの声を厳路坊が出した。

「一度は妻と決めた女の一大事に、駆けつけもせぬ。そのような情けなしを弟子とした覚えはない」

「…………」

一瞬うつむいて黙った賢治郎が、顔をあげた。

「帰れば、おそらく二度と外へ出られなくなりましょう。それでは、上様のお役に立てませぬ」

「ふん。役に立ったことなどないくせに、大きなことを言う」

厳しい声で厳路坊が言った。

「…………」

賢治郎は言い返せなかった。

「自分に酔うな」

「えっ」

厳路坊の言葉に、賢治郎は愕然《がくぜん》とした。

「主君の心も知らず、女房のことも想えぬ。そのような半端ものが、一人前だと勘違いしている。それが、賢治郎、おまえだ」

「勘違いなど」

「気づいておらぬから、勘違いだというのだ」

否定しようとした賢治郎を厳路坊が抑えた。

「一人前だとは思っておりませぬ。家……」

「出て来い」

不意に厳路坊が賢治郎の右肩を摑《つか》んだ。

「親父、釣りは迷惑料だ」

懐《ふところ》から一朱出した厳路坊が、台の上へ置いた。

「師僧」

「黙ってついてこい」

厳路坊が八幡宮の境内《けいだい》へ、賢治郎を連れこんだ。

「あのようなところで、上様のお名前を出すわけにはいかぬであろう」

「……あっ」

指摘されて賢治郎が息をのんだ。

「それだから、まだ半人前だといっておる」

あきれた顔で厳路坊が嘆息した。

「いくつになった」

「今年で二十四歳になりまする」

「上様は」

「寛永十八年（一六四一）のお生まれでございますれば、今年で二十二歳になられたはず」

賢治郎が答えた。

「二人ともまだまだ子供よ」

「わたくしはともかく、上様を……」

「それがいかぬと言うておるのだ」

きつく厳路坊が叱った。

「上様を絶対のものと崇《あが》めるな」

「…………」

師の剣幕に、賢治郎は気圧《けお》された。

「な、なにを……」

さすがに旗本としては聞き逃せないと、賢治郎は抗弁しようとした。

「上様を神にする気か」

「えっ」

出鼻をくじかれて、賢治郎は戸惑った。

「神ならば、崇めていればいい。毎日拝んでおれ。ご神体として奉れ」

「……それは」

「飾りにするのであろう、上様を」

「そんなつもりは……」

「馬鹿が。なんのために、上様が松平を追い出され、深室となっていたそなたをわざわざ探しだし、小納戸になされたか、考えてみよ」

「……」

「松平はまだいい。三千石ともなれば、さほど数もない。探し出すのも容易であろう。しかし深室は六百石だ。そのていどの旗本などいくらでもある。上様がお主《ぬし》を探し出すのにどれほどの手間をお遣いになられたか。そこまでして、そなたにこだわられたのはなぜだ」

「お花畑番として……」

「そうだ。まだ五歳や六歳のころ、そなたは上様のお側《そば》にあった。そのとき、そなたは上様を神として崇めていたか」

「……いいえ」

父親である多門から、無礼のないようにと言われてはいたが、そこは子供である。遊んでいるうちに、忘れはてていることもあった。多少の喧嘩や、遊びで家綱がすりむいたくらいは、傅育《ふいく》の阿部豊後守も咎めなかった。

「思い出したか。そなたは、上様をご神体として高みに置いておきたいのか、人として、お側でお仕えしたいのか、どちらなのだ」

何度も繰り返した過ちであった。賢治郎は頭《こうべ》を垂れた。

「わかったか。上様がなぜ、そなたを叱ったか」

「情けなかったことでございましょう」

少し前に、賢治郎は家綱からかつてのお花畑番が、よそよそしく変わってしまったとの愚痴を聞かされていた。

賢治郎と同じくお花畑番だったもののも、そのほとんどが当主になっている。旗本の当主には家を守る義務がある。将軍を怒らせるかもしれない言動など取れるはずはなかった。

それを家綱は寂しがっていた。

「月代を当たってる間に、人払いされていたのも……」

「二人きりのときが欲しかったのであろう。己を将軍ではなく、家綱として見てくれる者との会話を楽しまれたかったのだ」

「家綱さま」

賢治郎は泣いた。

「お側に」

「さて、これで、そなたがせねばならぬことはわかったな。家へ帰れ。嫁を気遣ってやれ」

「嫁……上様のもとへ」

「あほう」

厳路坊が怒鳴った。

「まだわかっておらぬのか。上様は人としてあられたいのだ。それをそなたに求めている。他の連中では、腫《は》れものに触るような扱いしかされぬからだ。いわば、そなたと友の関係でありたいとお考えなのだ。友とは片方がずっと尽くすものか。そのようなもの、従属でしかなかろう。友とは厳しいことも言うが、甘えられるものである。そして、妻の身体に変調がある今、そなたは家綱さまへ甘えるときなのだ。一日遅れたところで、家綱さまなら大事ない。そうであろう」

「はい。上様は、ご英邁《えいまい》でございますれば」

家綱のことはよく知っている。阿部豊後守もいる。家綱への不安はなかった。

「しかし、三弥どのは違う。頼るのは夫であるそなただけなのだ。まだ幼いのであろう」

「……はい」

「家綱さまには、事情を話し、明日お詫《わ》びすればいい。しかし、今日、妻のもとへ駆けつけてやらねば、深い溝ができるぞ。男と女は違う。とくに夫婦は難しい」

小さく厳路坊が首を振った。

「師僧は独り身でございましょう」

「当たり前じゃ。だがの、儂《わし》も母から産まれたのだ。つまり親という夫婦を見ていたわけだ」

「なるほど」

「女はすごいぞ」

厳路坊が感心した。

「なにせ男の精を受けて、十月ほどで赤子を産む。どうなっておるのか、まさに神秘である」

「はあ……」

「まあ、それはよい」

表情を厳路坊が引き締めた。

「女のすごいのは、命をかけて子を産めるということだ。お産は女の戦場。死ぬ者も多い」

「はい」

賢治郎も同意した。賢治郎の母幸《さち》も産後の肥立ちが悪く、身体を壊し、三年後に死んでしまった。

「死ぬかも知れぬとわかっていて、女が子を産むのは、なぜだ」

厳路坊が尋ねた。

女にとって、出産は命がけであった。母子ともに健全に産まれる者がいる一方で、死産、母親が出産の異常で死亡するなど、いくらでもあった。

子は産まれたが母は産後の出血が止まらず死亡、やむなく父親が乳飲《ちの》み子を抱きかかえて、もらい乳に回るのもめずらしくはなかった。

「人が絶えてしまうからでございましょう」

「そんな大きな問題ならば、女一人に負わすには重過ぎようが。わからぬなら、三弥どののもとへ行け。そこで本人に訊《き》け」

さっさと行けと厳路坊が促した。

「わかりましてございまする」

一礼して、賢治郎は走り出した。

「急げよ、賢治郎。女はしつこいぞ。男にとってたいしたことでもないのを、いつまでも覚えている。そして、世のなかも、家のなかも、女がおらねば回らぬのだ。偉そうな顔をして将軍でございと江戸城でふんぞり返っていても、男であるかぎり、子を産めぬ。代をつなげられぬのだ。だから、男は名を残そうとするのだろうがな」

見送りながら厳路坊が呟いた。

屋敷の前に清太が立っていた。

「若さま」

賢治郎を見つけて、清太が駆け寄ってきた。

「三弥どのの様子は」

「お辛いようなので、お休みになられておられまする」

清太が答えた。

「義父上《ちちうえ》は」

「お部屋かと」

「入っていいのか」

しっかりと閉じられている大門を賢治郎は見た。

「お帰りぃい」

問う賢治郎へ笑いかけた清太が大声をあげた。

「ええぇい」

なかから応答が返ってきたとともに、大門がゆっくりと引き開けられていった。

旗本屋敷の大門は、当主の出入り、上使の来訪、親戚筋の訪問、同格の旗本を来客として迎えるときなど以外は、閉じられている。その大門が賢治郎のために開けられた。

「お帰りなさいませ」

あらためて清太が述べた。

「…………」

十日ほど出ただけで、屋敷は他人の顔をしていた。だが、なんとも懐かしかった。

賢治郎は、相反する思いに戸惑いながらも門を潜《くぐ》った。

自室で横になっていた三弥の耳にも、清太の声は届いていた。

「お出迎えを」

三弥が起きあがった。

「いけません、お嬢さま」

女中があわてて制した。

「……ふう」

急に動いたせいか、三弥が立ちくらみを起こした。

「お嬢さま」

「大事ない」

さすがの三弥も、己の体調の悪さに夜具の上へ、座りこんでしまった。

「どうぞ、大人しく」

「わかりました。お出迎えはあきらめましょう。代わりに鏡と櫛《くし》、紅を」

三弥が女中へ頼んだ。

「はい」

すべて化粧道具である。三弥の部屋にあった。普段なら、己で取りに動くが、今日は女中に任せた。

「……どうぞ」

女中が鏡のついた化粧台を、前に置いてくれた。

「ありがとう」

礼を言って、三弥が身形を調え始めた。

屋敷に入った賢治郎は、まず当主である作右衛門のもとへ向かった。

「ただいま戻りましてございまする」

「うむ……」

苦い顔で作右衛門がうなずいた。

「今宵暮れ六つ、阿部豊後守さまのお屋敷へ参るよう。下がっていい」

用件を伝えると、作右衛門が賢治郎を追い出した。

「阿部豊後守さまのお呼びか……」

賢治郎は苦笑した。

家綱の傅育であり、老中でもある阿部豊後守に目を付けられれば、六百石の深室家など、あっという間に潰《つぶ》される。作右衛門が、賢治郎の帰宅を黙って認めたのは、阿部豊後守の名前によると、賢治郎は理解した。

「よろしいか」

そんなことを考えている間に、三弥の部屋の前へ、賢治郎は着いた。

「どうぞ」

なかから三弥の声がして、襖《ふすま》が開いた。薄暗い部屋の奥で、三弥が端座していた。

「お入りを」

勧められて賢治郎は驚いた。賢治郎の部屋へ三弥は自在に出入りしていたが、決して逆は許されていなかった。

「よろしいのか」

「はい」

念を押した賢治郎に、三弥がうなずいた。

「ごめん」

一言断って、賢治郎は敷居を踏みこえた。

「失礼をいたしまする」

三弥の側についていた女中が、離れた。

「お嬢さまはお立ちくらみをなされまする。あまり無理を」

部屋を出て行きしなに、女中が賢治郎に告げた。

「わかった」

賢治郎は首肯《しゅこう》した。

「おかえりなさいませ」

ていねいに三弥が頭を下げた。

「遅くなった」

「いえ。お戻りいただいただけで」

三弥が首を振った。

深室と賢治郎の縁は、切れかかっていた。それも深室から断とうとした。

「横になられよ」

顔色のよくない三弥を賢治郎は気遣った。

「大事ございませぬ」

三弥が断った。

「清太から、三弥どのが倒れたという報《しら》せを受けて、驚いた。吾《われ》を安心させると思って、休んでくれぬか」

賢治郎は頼んだ。

「豊後守さまからのお呼び出しは」

「さきほど、義父上から聞いた」

問う三弥へ、賢治郎は答えた。

「では、わたくしのために……」

三弥が賢治郎を見た。

「……妻の見舞いをせぬ夫はおるまい」

賢治郎は照れながら横を向いた。

「それは当然でございまする。妻の身を案じられぬ夫など、お話にもなりませぬ」

いつものように硬い口調へ戻った三弥が背筋を伸ばした。

「……無理をしてはならぬ」

毅然《きぜん》とした三弥に少し見ほれた賢治郎は、いたわるように肩へ触れた。

「…………」

無言で賢治郎の手へ、手を重ねて三弥が見つめた。

「では、お呼び出しがかかっておる。用意をいたさねばならぬ。大事になされよ」

しばし、目を合わせた賢治郎は、立ちあがって襖に手をかけた。

「賢治郎どの」

三弥が声をかけた。

「なにかの」

「いつなりとも、お出でなされませ」

「ああ」

部屋へ出入りしていいと言った三弥へ、賢治郎は応じた。

三

私用とはいえ、老中の招きである。賢治郎は裃《かみしも》を身につけて、阿部豊後守の屋敷を訪れた。

「来たか」

暮れ六つ（午後六時ごろ）前に着いた賢治郎だったが、すでに阿部豊後守は帰邸していた。多忙を極める老中が、暮れ六つに屋敷にいることなど、まずない。よほど重要な話だと賢治郎は緊張した。

「お呼びとうかがいました」

「用件はわかっておるな」

「はい」

阿部豊後守の問いに、賢治郎は首肯した。

「明日より登城するように。上様はお待ちである」

「承知いたしましてございまする」

賢治郎は手をついた。

「調べはついたのか」

「すべてとは参りませんが」

松平伊豆守よりも、阿部豊後守のほうが、賢治郎には馴染《なじ》み深かった。お花畑番を務めていたとき、家綱傅育役の阿部豊後守と毎日会っていたからである。

確認する阿部豊後守へ、賢治郎はわかったことを語った。

「やはり紀州公であったか」

阿部豊後守が大きく息を吐いた。

「紀州公は襲われたのでございますが……」

「なんのかかわりもない者を襲うか」

賢治郎へ阿部豊後守が言った。

「あのお方はな、まだあきらめておられぬのだ」

「あきらめておられぬ」

「五代将軍となられることを。いや、己の幕府を作ることをな」

阿部豊後守が語った。

「己の幕府をでございまするか」

「うむ」

「これは、他言無用である」

「はっ」

念を押す阿部豊後守へ、賢治郎は応じた。

「幕府は二つあった」

「えっ」

賢治郎は驚愕《きょうがく》した。

「静かにいたせ」

阿部豊後守がたしなめた。

「最初幕府は二つあった。一つは江戸、もう一つは駿河。将軍である秀忠さまの幕府と、大御所である家康さまの幕府。家康さまは、幕府を二つ作られた。なぜかはわからぬ。そして、駿河の幕府を頼宣さまへ譲られた」

「……………」

なにも言えず、賢治郎は聞くだけであった。

「幕府二つをどうするおつもりだったか……簡単なことであった。将軍の幕府と大御所の幕府を並列させればいい。家康さまのあと秀忠さまが大御所になられた。そう、江戸が大御所の幕府になる。そして代わりに、頼宣さまが将軍へ就任されて、駿河に幕府を開かれる。次はわかるな。大御所である秀忠さまが亡くなられたら、頼宣さまが大御所になり、家光さまが、将軍となられる。この繰り返しで、続けていくはずであった。いわば、足利《あしかが》幕府でいう鎌倉公方のような感じか」

「かえって混乱するだけでは……」

「うむ。我らには家康さまの意図がわからぬ。おそらくはこうであろうと推察はできるが、確実なものではないゆえ、口にはせぬ。ただ、駿河に幕府があったことだけは確実じゃ。だが、それも家康さまが生きておられればこそ。もう十年家康さまがお元気であれば、頼宣将軍はなったであろう。だが、家康さまが亡くなられたとき、まだ頼宣さまは十四歳。とても乱世を終えたばかりの世で将軍となるには、幼すぎる。そこを秀忠さまに突かれ、頼宣さまは、駿河を奪われ、将軍となることはできなかった。その無念をわすれられぬのだ」

「そのようなことが」

驚く賢治郎へ阿部豊後守が、厳しい目を向けた。

「これは、上様もご存じのないことである。ご誠実な上様のことだ。知られれば、己を大御所として、頼宣さまへ将軍を譲ると仰せられかねぬ。このことは決して口にするな」

「承知いたしましてございまする」

賢治郎ははっきりとうなずいた。

「伊豆守から寵臣《ちょうしん》の心得を聞いたか」

話を阿部豊後守が変えた。

「はい」

「肚は決まったか」

うなずいた賢治郎へ、重ねて阿部豊後守が問うた。

「いいえ」

賢治郎は首を振った。

「ほう」

阿部豊後守が目を細めた。

「わたくしに寵臣は務まりませぬ」

はっきりと賢治郎は否定した。

「……わたくしは寵臣ではなく、上様の、いえ家綱さまのお花畑番を続けようと思いまする」

「…………」

無言で阿部豊後守が、賢治郎を見つめた。

「それが、今回学んだことか」

「さようでございまする」

「寵臣は上様にすべてを尽くす。代わりに他人にはできぬ栄達をする。大名や執政になることもできる」

「栄達すれば、家綱さまのお側におれませぬ」

賢治郎は述べた。

「たしかに、執政となると多忙で、とても上様とのんびりお話をする暇もなくなる。だが、上様の治世を支えることができる。上様のご負担を少しでも和らげることができるのだぞ」

「わたくしにそのような能はございませぬ」

「誰も最初からできぬ。吾も伊豆守も、叱られて覚えていったのだ。おぬしもそうあればいい」

阿部豊後守が説得した。

「それは他のお方にお任せいたしまする」

「政《まつりごと》を任された者は、堕ちやすい。権は人を集め、金を呼び、そして狂わせる。それらの誘惑に耐えられるのは、真に上様のことを思う寵臣だけなのだぞ」

「わたくしがお仕えするのは、上様ではなく、家綱さまだと決めましてございまする。上様には執政を任せられる寵臣が要《い》りましょうが、家綱さまのお側に執政はおらずともよろしゅうございましょう」

きっぱりと賢治郎は宣した。

「生涯お髷番《まげばん》でよいと言うのだな」

「はい」

賢治郎は胸を張った。

「逃げぞ、それは。重い責務を背負いたくないだけではないか。我らもそうできるならば、そういたしたかったわ。だが、情勢がゆるさなかった。外様《とざま》どもは大人しくなっていたかわりに、権を巡って譜代で争いがあった」

非難するような口調に阿部豊後守がなった。

譜代の争いとは、大久保《おおくぼ》家と本多《ほんだ》家のことだ。徳川家臣団のなかでもっとも一族の多い大久保家の統領大久保忠隣《ただちか》と知恵袋として家康を支えた本多正信《まさのぶ》の争いが始まりであった。

第一陣は、大久保長安《ながやす》の横領をあばいた本多正信が勝った。連座する形で大久保忠隣は改易《かいえき》、流された近江《おうみ》で死去した。

第二陣の幕を明けたのは、秀忠であった。関ヶ原に遅刻したことで、父家康から廃嫡されそうになった秀忠を大久保忠隣が救っていた。その恩を忘れていなかった秀忠は、本多正信の息子正純《まさずみ》に謀叛の疑いをかけて、潰した。

大久保、本多という、徳川の二代功臣の争いに見えるが、これは家康と秀忠の争いであった。将軍となった秀忠を押さえこもうとした家康が、見せしめに大久保忠隣を排し、そして秀忠は家康の代わりに本多正純を生け贄《にえ》とした。

「我らのときには、忠長さまがおられた」

忠長とは家光の弟である。大人しい家光ではなく、忠長へ将軍を譲ろうと秀忠が考えていたことは有名であった。それを家康が覆した。

「家光さまの支えであった家康さまは亡くなられた。対して忠長さまの後ろ盾であった秀忠さまは、健在。秀忠さまについて忠長さまを担ごうとする譜代がいた。我らはそれに対抗するために、力を持たざるを得なかった」

寂しそうに阿部豊後守が語った。

「一人くらい、家綱さまだけの臣がいてもよろしゅうございましょう」

話を聞いても、賢治郎は揺らがなかった。

「それが、おぬしの到った覚悟か」

阿部豊後守が嘆息した。

「惜しいの」

「申しわけございませぬ」

「それだけ上様のことを考えられる者を、引きあげてやれぬ」

「…………」

悄然《しょうぜん》とする阿部豊後守へ、賢治郎はなにも言えなかった。

「伊豆守が気に入るはずだ」

阿部豊後守が、笑った。

「幕府は変わっていく」

不意に阿部豊後守が話を変えた。

「もともと、幕府は徳川家の家政であった。老中といえども、徳川家の家臣であり、家老であった。やってきたことなど、領土の治世と戦《いくさ》であった。それが、天下を統《す》べてしまった。徳川は天下の仕置きをしなければならなくなった。精々三河、駿河、甲《か》斐《い》の面倒しか見たことのない者たちが、天下を動かす。まだ、外様大名たちに気概があったころはよかった。老中たちは一枚岩となって、上様を助け、天下を維持するために努力した。しかし、それも三代家光さまのころには、幕府へ楯《たて》突く外様大名がいなくなった」

「…………」

阿部豊後守の言いたいことがわからない賢治郎は、黙って聞いた。

「外敵がいなくなれば、どうなる」

「……仲間割れでございますか」

問われて賢治郎は答えた。

「先ほどとは違うぞ。あれは、親子の争いだ」

一度首を振ってから阿部豊後守が続けた。

「老中でございといったところで、徳川の臣でしかないことを忘れ、己が権力を摑んだと思い違いをしだす。そして、権を一人占めすべく、同僚の足を引っ張り出す」

情けないと阿部豊後守が、肩を落とした。

「それだけならまだよい。家中の勢力争いなど、一万石の大名でもあることだ。問題は、上様から与えられた権を失いたくないのか、思うがままに天下を動かしたいのか、どちらかは知らぬが、ただ一人己に掣肘《せいちゅう》を加えられる上様を飾りにしようとする。いや、己のつごうのいい人物を将軍にして、操ろうとさえする」

阿部豊後守が吐き捨てた。

「また、このような慮外者へ、媚《こ》びへつらう愚か者も出てくる。それを防ぐためにも、寵臣は要る。その寵臣に賢治郎おぬしは選ばれた。伊豆守も儂もそう思っていた」

「それで」

賢治郎は松平伊豆守が、なにかと指導してくれたわけをやっと理解した。

「おぬしは寵臣の条件を満たしていたからな」

「条件でございまするか」

「うむ。寵臣は、まず上様が将軍になられる前からお側についており、家柄はしがらみのあまりない小身。そしてなにより、上様のことを考えられる者。これらすべてを満たしていた」

「たしかに」

「ゆえに我らは、おぬしを寵臣として育てようとした。だが、上様が願っておられたるものではなかったのだ。上様は、おぬしを寵臣ではなく、いつまでも側に居てくれる者としてお求めになられた」

「おそれおおい」

すっと賢治郎は頭を下げた。

「それをおぬしも受け入れた。それならばよい。家綱さま一代の臣として、生きて行くがいい。主君の治世に尽くし、その闇を背負う。その代わりに、出世や加増を与えられる、寵臣の利をそなたは求めぬ。出世も権も望めぬ。それでよいな。子孫に美田を遺《のこ》してやれぬぞ」

「……………」

一瞬、賢治郎は悩んだ。妻やいずれ生まれてくる子に楽をさせてやりたいと思うのが、男として当然である。賢治郎は、その好機を捨てようとしている。

「あなたの思うがままになさいませ」

女となった三弥が、脳裏で賢治郎の背中を押した。

「承知いたしております」

「馬鹿者よな」

ほほえみながら阿部豊後守が、賢治郎へ言った。

四

阿部豊後守の屋敷を出たとき、すでに日は落ち、江戸の町は闇となっていた。

もっとも、武家町は、辻ごとに灯籠《とうろう》が設けられていた。大名などは一家で一夜の灯籠の管理をし、旗本などは数家集まって輪番で面倒を見る。そう決まっていたが、灯油代がかかることもあり、相応の石高を持つ大名か、役職に就いている大名、旗本の担当しているところ以外は、灯《ひ》のないことも珍しくはなかった。

「出てきたの」

「よいのか」

少し離れた辻の闇で、根来者が賢治郎の姿をとらえていた。

「殿のご意向は、見張れ、だったはずだぞ」

根来者の一人が、躊躇《ちゅうちょ》した。

「導師さまの命である」

先頭にいる根来者が強く言った。

「しかし、蓮《れん》……」

「殿よりもこれからのある若殿に付くがよいと導師どのが言われていたであろう」

「それはそうだが、このようなことをして、殿にばれれば、根来はただですまぬぞ」

後ろに控えた根来者が首を振った。

「我らがやったとわからねばよいのだ。足跡を残すほど、我らはおろかではない」

「それはそうだが」

「考えよ。妙《みょう》」

二の足を踏んでいる妙へ、蓮が強く言った。

「我らはこの先も紀州家に仕え続けねばならぬのだ。当主が将軍になったところで、我らの境遇は変わらぬ。我らが出世できるわけではない」

すでに幕府には根来同心があり、今さら紀州の根来衆を江戸へ招くだけの理由はなかった。

「ならば、少しでも紀州家での居心地をよくすべきであろう」

「……わかった」

妙が首を縦に振った。

灯籠のある辻とない辻を比べると闇の濃さが違った。濃さで言えば、灯籠に近い闇に軍配があがった。これは、人の目が明るい場所に合わせて瞳孔を調節するからである。明るい灯籠の近くでは、瞳孔が閉じ、光を絞ろうとする。ために、闇の発するわずかな月明かりは、認識できない。

対して、闇を見るときには、ほんの少しの光でも逃すまいと瞳孔が拡がる。人の身体を熟知している忍は、この変化を利用し、灯籠近くの闇に潜む。灯《あか》りが近くにあることで、油断してしまうのも、忍にとって利であった。

当然、剣士として修練を積んだ者は、灯籠近くの闇を警戒する。賢治郎もどこから襲われてもよいように、辻の真ん中を歩いていた。

江戸の町は左側通行である。これは武士が行き違うとき、右側通行であれば、刀の鞘《さや》が当たるからである。鞘当てという言葉からもわかるように、これは戦いの原因となった。事実、左側通行が慣例となるまでは、よく鞘当てからの争いがあり、人死にも出ていた。

また、刀は左から抜いて右へ軌を描く形で動く。己の右にいる敵には応じやすく、左には届かない。

　これらもあって、刺客は左から襲うのが定石であった。

　賢治郎は左手を太刀《たち》の鞘へ添えながら、灯の入った灯籠のある辻を通った。

　三つ目の辻は灯がなかった。目を大きく開き、賢治郎は左の闇を警戒しながら進んだ。

「いまぞ」

　蓮が手にしていたがん灯を覆っていた布を取り、賢治郎へ向けた。がん灯はよく磨いた金属の筒のなかに蠟燭《ろうそく》を入れ、一方に口を開けたものだ。光を集中して照らすことができた。

「むっ」

　突然の光に、賢治郎は目を覆った。

「しゃっ」

　右の辻から手裏剣が撃たれた。

「………」

　手裏剣の風切り音に気づいた賢治郎は、己から右へと倒れた。左に倒れれば、鞘が地に当たってしまう。下手《へた》をすれば太刀や脇差《わきざし》の刀身が曲がる。

「ぐっ」

目が使えない状態での転倒である。受け身など取りようもなく。したたかに右肩を打った賢治郎は呻《うめ》いた。

「はずした」

妙が舌打ちした。

根来者の遣う八方手裏剣は、単純にまっすぐ飛ぶ棒手裏剣に比べるとほんの少しだが遅い。倒れた賢治郎の二尺（約六十センチメートル）ほど上を通り過ぎた。

「行け」

手を振って蓮が合図した。

「……………」

無言で三人の根来者が駆けた。

倒れた賢治郎は素早く転がって、間合いを空《あ》け、立ちあがった。

「くっ、目が」

不意に明るい光をあてられたことで、目のなかに白いものが浮き、視界を阻害されていた。しかし、相手は待ってくれない。賢治郎は太刀を抜いた。

「はっ」

小さく鋭い気合いとともに二人目の根来が跳んだ。そのまま刀をたたきつけてきた。

「なんの」

目の隅に映った影目がけて、賢治郎は太刀を振った。甲高《かんだか》い音がして、太刀と刀がぶつかった。小さな火花が散った。

「ぬおう」

ぶつかった太刀へそのまま根来者が圧力をかけてくるのを、賢治郎ははじき返した。

「……ふっ」

抜くような息音で、根来者が後ろへ跳ねるようにして下がった。

「…………」

合わせて、賢治郎もさがった。間合いを稼いで、少しでも目の回復をするときが欲しかった。

「間を空けるな」

蓮が指示した。

「おう」

妙が迫った。

「……そこかっ」

一カ所に視点を止めず、細かく動かすことで、白く飛んだ視界を補った賢治郎は、太刀をまっすぐに突きだした。

「くっ」

首を振ってかろうじて妙が避けた。しかし、体勢が崩れ、勢いが減じた。

「おうっ」

突いた太刀をそのまま、横薙《よこな》ぎに賢治郎は変えた。

「……うっ」

妙の首に太刀が当たった。

「やあ」

手応えを感じた瞬間、賢治郎は太刀を引いた。

「ああああ」

首の血脈を裂かれて、妙が苦鳴をあげた。傷口から血が噴いた。

「ちっ」

仲間の死に、残った二人の根来者の動きが止まった。

「どうする」

最初に出た根来者が蓮を見た。

「このままやるか」

「だめだ。我らが手出しをしたとの証《あかし》となるものを残すわけにはいかぬ」

蓮が首を振った。

「吾が牽制《けんせい》する。担いで帰れ」

刀を下腹の位置辺りで、逆手にする変わった構えを取った蓮が言った。

「わかった」

根来者が首肯した。

「相談は終わったか」

賢治郎の視界はほぼ正常に戻っていた。

「いけっ」

蓮が前へ出て、命じた。

「おう」

根来者が倒れている妙へ近づいた。

「勝手なことを」

怒りながら、賢治郎は脇差を抜くなり、投げつけた。

「くあっ」

妙の上へ屈《かが》みこんでいた根来者の背中に脇差が当たった。さすがに刺さる寸前に身をひねり、致命傷は避けたとはいえ、大きな傷を負った。背中をやられては、仲間の死体を担いで逃げ出すのは無理であった。

「しゃっ」

隙《すき》と見て、蓮が踏みこみながら、刀を下から上へと跳ね、賢治郎の下腹を襲った。

「ふん」

脇差を投げた瞬間に気を蓮へと移していた賢治郎は、半歩下がってかわした。

「しゃ、しゃ」

そのまま突き、薙ぎと蓮が賢治郎を追い詰めた。

「おうよ」

横腹へと来た薙ぎを、賢治郎は太刀で受けた。

「ちっ」

舌打ちして、蓮が刀を手元へと引いた。

「させぬ」

蓮が刀を引く早さに合わせて、賢治郎が前に出た。

「こいつっ」

あわてて蓮が後ろへ跳ぼうとした。

「逃がすか」

薙ぎを受けた太刀は、脇構えに近い形になっている。賢治郎は、そのまま太刀を袈《け》裟懸《さが》けに落とした。

「ぎゃっ」

後ろへ跳ぶために、踏ん張った蓮の左足の膝《ひざ》がわずかに遅れた。賢治郎の太刀が、蓮の膝を断ち割った。

「蓮」

背中に傷を負った根来者が声を出した。

「戻れ。戻って導師に報告を」

蓮が叫んだ。

「……わかった」

根来者が背を向けた。

「待て」

「行かさぬよ」

後を追おうとした賢治郎へ、蓮がしがみついた。

「離せ」

「死ね、小納戸」

蓮が手にしていた刀で、賢治郎の足を払った。

「くっ」

片足を抱えこまれた賢治郎は、咄嗟《とっさ》に太刀を足へ沿わせて防ごうとした。

「あつっ」

足を断たれはしなかったが、臑《すね》を斬られた賢治郎がうめいた。

「くそっ」

しくじった蓮が刀を引いて、もう一度賢治郎へ一撃を加えようとした。

「二度もやられるか」

賢治郎は太刀を無理に振って、蓮の手を斬り飛ばした。

「ぐううう」

刀ごと右腕を失った蓮がうめいた。

「…………」

太刀を返して、賢治郎は蓮の首根を刎《は》ね、止《とど》めを刺した。

「何者だ」

力を失って離れた蓮の左手から足をふりほどいた賢治郎は首をかしげた。

「先日の礫を投げてきた連中とは違う」

動きも武器もまったく共通点はない。

「……浅いか」

賢治郎は裂けた袴《はかま》に手を入れ、傷口を探った。

「このままにもしておけぬ。申しわけないが、手を借りるか」

今来た道を戻って、賢治郎は阿部豊後守の手助けを求めることにした。

阿部豊後守はすぐに動いた。戸板を持った小者に藩士をつけ、死体の回収を命じ、さらに医師を呼んで、賢治郎の手当をさせた。

「十日ほど動けば痛みましょうが、筋は断たれておりませぬ」

足に金創の薬を塗って、しっかりと布で巻いた医師が述べた。

「かたじけのうございまする」

手配に賢治郎は礼を述べた。

「いや、気にすることはない。しかし、どこの者かはわからぬが、余の客に乱暴を働くとは、阿部家に喧嘩を売るも同然。売られた喧嘩は買ってくれよう」

阿部豊後守の表情が厳しくなった。

「しかし、相手の正体が……」

「ふん」

鼻先で阿部豊後守が笑った。

「手段などいくらでもある。忍のことなら伊賀者に問えば知れよう。戦国のころから天下の忍と争ってきた伊賀者である。他国の忍にも詳しいはずじゃ。それに伊賀で知れずば、甲賀、甲賀がだめならば根来と手はいくつでもある」

「…………」

「ここは江戸じゃ。天下の城下町、上様のお膝元である。そこで旗本を襲うようなまねを執政としてゆるせるわけなかろう。これは幕府への挑戦なのだ。どのような手段をとっても、かならず正体を暴き、罰してくれる」

冷徹な執政者の顔で阿部豊後守が述べた。

「さて、後事は任せて帰れ。明日も早いのであろう」

「……はい」

素直に、賢治郎はしたがった。

五

月代御髪の任は早い。将軍の起床に間に合うよう準備ができていないとならない。

賢治郎は、まだ日が昇らないうちに屋敷を出る。

「いってらっしゃいませ」

幾分元気になった三弥が、見送りに立った。

「休んでおればよろしいものを」

三弥の身体を賢治郎は気遣った。

結局、昨夜は帰宅が四つ（午後十時ごろ）を過ぎてしまっていたこともあり、賢治郎は三弥の様子を見に行かなかった。また、作右衛門には呼ばれてさえいなかった。

「いいえ。お役目へ向かわれる夫を、見送らぬなど妻ではありませぬ」

いつもと変わらない三弥に、賢治郎は安心した。

「では、行って参る」

「お早いお戻りを」

「うむ」

首肯して賢治郎は清太を供に江戸城へと向かった。

家綱は大奥にいた。正室、側室を問わず、毎夜のように大奥へ入ることを勧められていたからである。

「上様。表へお戻りになられませぬと」

正室浅宮顕子《あさのみやあきこ》内親王が、家綱を促した。

江戸城内にありながら大奥の主は正室であり、将軍は客であった。よって、大奥から中奥へ動くのを、出かけるではなく、戻ると称していた。

「わかっておる」

気乗りのしない顔で家綱が答えた。

「そのようなお顔はなされますな。大奥でなにかお気に召さないことでもあったかと、表の者どもが思いましょう。それは妾《わらわ》の名折れ。今後、大奥へ上様のお渡りを許さぬと執政どもが騒いでは困りまする」

小首をかしげて、浅宮顕子が告げた。

「そなたに会えぬというのは、嫌だの」

ようやく家綱はほほえんだ。

一つ歳上《としうえ》の妻を家綱は気に入っていた。伏見宮《ふしみのみや》親王家の三女の浅宮顕子は、小柄で気性も大人しい。十八歳で家綱の妻となったが、あいにく未《いま》だ懐妊のようすはなかった。

「では戻る。今宵また来る」

「お待ちいたしておりまする」

浅宮顕子が、両手をついた。

大奥へ泊まろうが、とくに指示をしない限り将軍は、朝餉《あさげ》を中奥御座の間で摂《と》る。

その前に身形を整えなければならなかった。

洗面と歯磨きをすませた家綱の前へ、賢治郎が平伏した。

「賢治郎……」

「申しわけございませぬ」

主従は目をかわした。

「始めよ」

「はっ」

それだけで二人の問題は終わった。

「皆の者、遠慮いたせ」

いつものように家綱が人払いを命じた。

「お待ちくださいませ」

当番の小姓組頭が逆らった。

「なんじゃ」

家綱が、不満そうな顔で訊いた。

「上様のお怒りを買った者と二人きりというのはいかがでございましょう」

目を賢治郎へやりながら小姓組頭が言った。

「怒り……なんのことだ」

戸惑うような表情で、家綱が確認した。

「えっ」

小姓組頭が啞然とした。

「躬《み》が賢治郎を叱ったと申すのか」

「……と聞いたのでございまするが……」

はっきりとしない答えを小姓組頭が返した。ここで断言してしまうと、話の責任を負わなければならなくなるからだ。

「聞いたか。そうか。では、口にした者を連れて参れ」

「誰というわけでもなく、噂でございまする」

これにも小姓組頭は曖昧《あいまい》に逃げた。

「噂か。他人の進退にかかわるようなことを軽々しく言うのはよろしくない」

「以後気をつけまする。では、一同」

これ以上はまずいと考えたのか、小姓組頭は一同をうながして、さっさと御座の間から退出していった。

月代を剃《そ》るには、まず濡らさなければならない。

賢治郎は会津藩から献上された漆《うるし》塗りの桶へ、白絹を沈め、水を吸わせた。垂れないていどに水を絞り、そっと家綱の月代へ載せた。

「これは……」

家綱の月代に小さな傷があった。

「そなたが、休んでおるあいだ、木崎《きざき》が代わりをいたした。それがこれじゃ」

「申しわけございませぬ」

他人の手に預けたために、家綱へ傷がついた。賢治郎は申しわけなく、詫びた。

「今後は、許さぬぞ」

「承知いたしておりまする」

賢治郎は答えた。

白絹を除け、賢治郎は剃刀《かみそり》を家綱の月代へあてた。

「上様……」

賢治郎は、今まであったことを報告した。

「なんと。それほど危ない目に……」

聞いた家綱が絶句した。

「ご放念くださいませ。わたくしは、このとおり生きておりまする。生きてさえおれば、勝ちなのでございまする」

「生きておれば勝ちか」

「さようでございまする」

強く賢治郎はうなずいた。

「将軍という地位は、そこまでして欲しいものか。躬は子供のころより、将軍になるとされてきたゆえ、手に入って当然であった。ゆえに、それほど渇望する意味がわからぬ」

「天下人はただ一人でございますれば」

ていねいに刃先を滑らしながら、賢治郎は言った。

「吾《わ》が手で摑んだものでもなく、執政の許しなくなにもできぬのにか。いや、この御座の間を出るのにさえ、小姓組頭の同意が要る。食べたいものも喰えず、朝寝がしたくともできぬ。気に入った女のところへ行こうにも、前触れせねばならぬ。このようなもの、庶民ならば、誰でもできることなのだぞ」

「同じでございまする」

「どういうことぞ」

家綱が怪訝《けげん》な顔をした。

「お動きになられませぬよう」

「すまぬ」

賢治郎に言われて、家綱が謝った。

「比べるのも無礼ながら、わたくしとでございまする」

「賢治郎と躬がか」

「はい」

月代を剃り終わった賢治郎は、剃刀を置いて、櫛を持った。

「わたくしは、婿《むこ》養子でございまする。婿養子というのは、肩身の狭いもの。夕餉になにがでようとも、文句一つ言えませせぬ。また、朝は義父より早く起きねばなりませぬ。そして、妻を抱きたくとも、許しがなければ、その部屋へ入ることさえかないませぬ」

　苦笑しながら、賢治郎は述べた。

「ふっ」

　家綱が笑った。

「まこと似ておる。そうか。躬は、幕府の婿養子か」

「ただ、婿養子といえども、我慢ばかりはしておれませぬ」

　梳《す》き終わった家綱の髪を賢治郎はまとめた。

「いつか、目にもの見せてくれようと、思っておりまする」

「なるほどの。臥薪嘗胆《がしんしょうたん》か。辛酸をなめても、最後に勝つのは己だと」

「はい」

　元結《もとゆ》いへ紙縒《こよ》りをかけて、賢治郎は家綱の髷を調え終えた。

「人の一生の勝ち負けは、どこで決まるかご存じでしょうや」

「名を残したかどうかであろう」

　家綱が述べた。

「いいえ。最期《さいご》のとき、己が満足していたかどうかでございまする。他人の評価なぞ、死んでしまえば、ないも同然」

道具を片付けて、賢治郎は家綱の背後から、前へ回った。

「御髪調え終わりましてございまする」

「……躬の最期まで、つきあうのだな」

「承《うけたまわ》って候」

賢治郎は平伏した。


家綱の寵臣の復帰は、たちまち江戸城で噂となった。

「お髷番め、じゃまな」

堀田備中守が吐き捨てた。

雨降って地固まる。君臣の絆《きずな》がより強くなったことは、まちがいなかった。

「ようやく小姓の半分を吾が手中にし、これから大奥へ手を伸ばそうというときに」

将軍の周囲を息のかかった者で固めることで、家綱の耳に入ることがらを操り、思うがままに動かそうと考えていた堀田備中守にとって、家綱の耳目である賢治郎は大きな障害であった。

「他人をあてにするのは止《や》めじゃ」

堀田備中守は、用人を呼ぶために手を叩いた。

「もとの鞘にもどったか」

頼宣が笑った。

「まあ、まだ家綱どのには死なれては困るのでな。ちょうどよかろう」

「よろしいのでございますか」

三浦長門守が確認した。

「光貞のことか」

笑いを浮かべたままで頼宣が確認した。

「甘いの。根来者ごときを手中にしたことで舞いあがっておる」

すでに頼宣は、根来者が裏切ったことを知っていた。

「いかがいたしましょう」

「お庭番を創れ」

「……お庭番でございまするか」

頼宣の命に三浦長門守が戸惑った。

「名前はどうでもいい。余に忠実な忍の組を用意せい。もちろん、根来の者以上の腕利《き》きを集めてな」

「なるほど。承知いたしました」

「急げよ。それが調い次第、余は攻勢に出る。今年で余は六十一歳。十二支十干が一回りし、新しい人生を開始するとき。なにより、父家康が天下の将軍となった縁起のよい歳。父が大御所になられた六十八歳までに、駿河幕府を開かねばならぬ」

頼宣が高らかに野望を宣した。

この作品は徳間文庫のために書下されました。

徳間文庫

お髷番承り候五

寵臣《ちょうしん》の真《まこと》

2012年10月15日 初刷
2019年11月20日 3刷

著者 上《うえ》田《だ》秀《ひで》人《と》

発行者 平野健一
発行所 株式会社徳間書店
東京都品川区上大崎三―一―一 目黒セントラルスクエア 〒141―8202
電話 編集〇三(五四〇三)四三四九 販売〇四九(二九三)五五二一
振替 〇〇一四〇―〇―四四三九二
印刷 本郷印刷株式会社
製本 ナショナル製本協同組合

ISBN978-4-19-893607-5

徳間文庫の好評既刊

上田秀人

将軍家見聞役　元八郎㈠

竜《りゅう》門《もん》の衛《えい》

八代将軍吉宗の治下、老中松平乗邑は将軍継嗣・家重を廃嫡すべく朝廷に画策。吉宗の懐刀である南町奉行大岡越前守を寺社奉行に転出させた。大岡配下の同心・三田村元八郎は密命を帯びて京に潜伏することに。立ちはだかるは甲賀者、そして示現流の遣い手。

上田秀人

将軍家見聞役　元八郎㈡

孤狼剣

尾張藩主徳川宗春は吉宗に隠居慎みを命じられる。藩を追われた柳生主膳は宗春の無念をはらすべく世継ぎ家重の命を狙う。京では桜町天皇を扇動して幕府を混乱させる策謀がうごめく。さらに公家内の主導権争いが熾烈を極め、混乱は風雲急を告げる事態に。

徳間文庫の好評既刊

上田秀人

将軍家見聞役　元八郎㊂

無影剣

江戸城中で熊本城主細川越中守宗孝に寄合旗本板倉修理勝該が刃傷に及んだ。大目付の吟味により、勝該は切腹して果てたが、背景に徳川家最大の秘事が潜むことを突き止めた元八郎。しかし露見を恐れた大御所徳川吉宗の非情な決断により、刺客が忍び寄る。

上田秀人

将軍家見聞役　元八郎㊃

波濤剣

父順斎が斬殺された。仇討ちを誓う元八郎は薩摩藩とその付庸国琉球王国の動向を探るよう命じられる。琉球の王位継承に際し、将軍家重の周辺で不穏な動きが見られるという。薩摩の忍と死闘を繰り広げるなか、順斎殺害の真相が浮かび上がる。